우사단 약국

우사단 약국

김현주 소설집

도화

차례

우사단 약국

1

　날이 밝고 오래지 않은 때였다. 포클레인들이 마치 탱크부대
처럼 동네로 몰려든 것은. 그 진동은 땅에서 건물로 그리고 방
바닥을 통해 몸까지 이어져 손이 떨렸다. 누워있던 엄마는 소
스라치게 놀라 일어나다 엎어졌다. 잡아주려는 나를 뿌리치고
기어가서 창틀을 부여잡더니 엉거주춤 일어났다. 창밖을 내다
본 엄마는 소리를 지르며 주저앉았다. 그리곤 흥건하게 오줌을
쌌다. 도대체 무슨 일인가, 나도 창문으로 다가갔다. 사람들이
포클레인 무리를 근심어린 표정으로 지켜보고 있었다. 사람들
과 조금 떨어진 곳에 남수어머니와 남수의 모습이 보였다. 둘
다 머리카락이 하얘서 멀리서보니 모자간 같지 않았다. 남수는
정신만 아이인 채로 육체는 시간의 속도에 맞춰 노화되어 가는

중이다. 남수는 몸을 뒤로 젖힌 채 끌려가고, 남수어머니는 몸을 앞으로 숙인 채 힘겹게 남수의 팔을 잡아당기는 자세였는데, 남수어머니는 맨발이었다. 엄마는 알아들을 수 없는 소리를 중얼댔다. 오줌과 한 몸이 된 이불 한 귀퉁이를 머리에 쓰고 몸을 떨면서. 나는 남수어머니와 엄마의 행동에 헛웃음이 나왔다. 아이고, 지금이 어느 땐데….

포클레인이 들이닥치기 전까지는 전날과 다를 것 없는 하루의 시작이었다. 배고픈 고양이는 신경질적으로 울며 어슬렁거리고 그 소리가 싫은 참새는 날개를 포득거리며 고양이와 거리를 넓혀 다녔다. 포클레인들이 작업을 시작하자 골목의 냄새가 달라졌다. 이른 아침, 남수어머니의 낡은 물뿌리개가 뿌린 물이 화초들의 잎과 닿아서 나는 냄새가 아니었다. 몹시 건조한 입자가 섞인 시멘트냄새였다. 포클레인의 손이 거침없이 내리치면 벽은 맥없이 넘어가고 부연 먼지가 연기처럼 번졌다. 기계소리와 건물이 부서지는 굉음이 하루 종일 이어졌다. 해가기울 무렵, 포클레인 무리는 쇠로 된 손을 쳐들고 전장의 승리자처럼 줄지어 동네를 떠났다. 2층 창으로 보이는 무너진 집들의 내부는 지나치게 드러났다. 탄력을 잃어 늘어진 내 속살이드러난 것처럼 민망하고 슬펐다. 오늘은 재개발조합에서 정해놓은 이주기한이 한 달 남은 날이다.

재개발조합에서 이주비를 지급하는 첫날, 우사단 길은 시끄러웠다. 이십 퍼센트도 안 된다는 원주민 집주인이 제일 먼저 이사를 했다. 최고급아파트 단지로 바뀐 후 큰돈을 벌 희망에 부풀어서 살림을 거의 버리고 단출하게 떠났다. 팔십 퍼센트가 넘는 외지 투자자 집주인들은 코빼기도 보이지 않았다. 그들의 집은 부동산이 관리하기 때문이다. 그들의 집에 살던 세입자 중 세입자 이주비를 받을 수 있는 사람들은 두 번째로 우사단을 떠났다. 이주비는 받았지만 왠지 떨떠름한 표정이었다. 그러나 이주비를 받지 못하는 세입자들은 조합과 지루한 협상을 벌이는 중이다. 세입자측은 용산 참사사건을 흘리며 압박하고, 조합은 그래봐야 별수 없지 않았냐며 회유한다. 참담했던 그 사건을 두고도 생각과 계산은 제각기 달랐다. 누구를 위한 개발인가? 자본주의의 논리 앞에 이 지역이 존재해야 하는 이유와 목소리는 묻혀버렸다. 이주 첫날의 풍경은 현대판 피난민의 이동 같았다. 그 후로는 시차를 두고 그러나 무리지어 동네를 떠났다. 대부분의 사람들이 종교와 상관없이 손 없는 날이나 주말에 이사를 했기 때문이다. 사람이 떠난 빈집 담벼락엔 붉은 페인트로 X표시가 생겼고 대문에 출입금지 줄이 쳐졌다. 점점 빈집이 늘어가 밤에 불이 켜진 집은 눈으로 셀 수 있을 만큼 줄어들었다. 그래서 오늘 아침부터 철거가 시작된 것이다.

동네는 무너져 내린 집 더미에 눌려 제대로 숨을 쉬지 못해 고요했다. 오줌을 싸며 발작을 반복하던 엄마의 증세도 차츰 나아지고 달아났던 남수어머니는 아들의 손을 잡고 돌아왔다. 약국으로 온 남수는 상처 난 발을 내게 보여주었다. 맨발로 도대체 어디까지 갔던 것일까? 발을 의자에 올리게 하고 알코올로 닦는 동안 남수는 순한 양처럼 굴었다. 대부분의 사람이 남수에게 접근금지였지만 남수어머니와 나는 예외였다. 온전했던 기억 속의 나는 좋은 동네 누나여서일까? 남수는 머리카락만 하얗게 변해가는 것이 아니라 대머리가 되어가고 있었다. 어릴 때 보았던 중년의 남수아버지 모습이 겹쳐졌다.

　약국 문 여는 소리가 났다. 이십대 후반에서 서른 중반사이, 어디쯤인지 알 수 없는 남자가 들어오지는 않고 두리번거렸다. 나는 소독을 중단한 채 일어서서 뭐가 필요하냐고 물었다. 그는 카메라를 메고 있었다. 우사단 길이 사라진다는 소식이 퍼지자 사진으로 남기려는 사람들이 자주 눈에 띠었다. 그들은 약국에 들러 동네의 유래에 대해, 사람들에 대해 이것저것 물었다. 이 남자도 그런 사람인가보다 짐작했다. 처음 봤지만 낯설지 않은 인상이어서 물어온다면 대답해주었을 것이다. 그런데 그는 셔츠의 팔뚝부분을 보여주며 붕대를 찾았다. 아마도 철거 현장을 지나다 상처를 입은 모양이었다. 나는 만일의

사고를 대비해 남자를 남수와 떨어져 앉히고 기다리라고 했다. 내가 남수의 발을 소독하고 연고를 바르고 붕대를 감아주는 걸 남자가 지켜보고 있는 것이 느껴졌다. 남수의 치료가 끝나고 남자의 팔뚝 상처부위를 소독하고 연고를 바르고 붕대로 감아주었다. 이번에는 남수가 집으로 돌아가지 않고 평소처럼 침을 뱉지도 않고 바라보고 있었다.

나는 재개발조합이 정한 이주 마지막 날 이사를 갈 생각이다. 겉으로는 약국 때문이라는 명분이 있지만 그게 전부는 아니다. 내 약국도 아니니까. 약국 주인 서 약사는 이미 우사단 길을 떠난 지 오래다. 내가 우사단 길로 다시 돌아오던 해였으니까. 치매에 걸린 엄마는 매일 걸어서 우사단 길로 왔다. 그리고는 우사단 약국 앞에 앉아 남산타워를 바라보며 하루를 보냈다. 엄마가 사는 곳과 가깝지 않았는데 남산타워가 보이는 이 동네에서만 평안을 느끼는 것 같았다. 우사단 약국 서 약사와 나는 어릴 적부터 친분이 있었다. 나뿐아니라 우사단 길에 사는 사람들은 모두 마찬가지다. 아프면 병원보다 먼저 약국을 찾았고 서 약사가 조제해 주는 약을 먹었다. 약국은 가깝고 병원은 심리적으로 멀었다. 내 사정을 들은 서 약사는 반색을 했다. 우사단 약국 2층의 서 약사네 살림집은 비어있었다. 서 약사는 우사단에 약국을 차릴 때만해도 젊고 가난한 약사였다.

12

동네 사람들에게 친절하고 예의까지 발라서 사람들은 약사님이라고 불렀다. 그는 동네 사람들과 친하게 지냈지만 일정한 거리를 두었다. 그것이 그가 생각하는 예의일지는 모른다. 대문을 두드리지 않고 아무 때나 서로 드나드는, 없이 사는 사람들의 예의와는 분명히 달랐다. 서 약사가 아이들 교육을 핑계로 약국만 남기고 이사를 했다. 자신도 떠날 구실을 찾고 있던 차에 내가 제 발로 걸어 들어온 셈이다. 우사단 땅값은 계속 올랐지만 재개발 된다는 소문이 난 초장에 많은 집이 팔렸다. 멀리 내다보지 못하는 것이 부자가 되지 못하는 사람들의 치명적인 약점이다. 다행히 좋은 곳으로 떠난 사람도 있지만 집이 너무 작아 팔아도 갈 곳이 없거나 집 판돈을 날리고 세입자로 사는 사람들도 많다.

"해 봐라."

일주일이나 기다려도 내게서 아무 답도 듣지 못하자 서 약사는 조금 단호하게 말했다.

"내가 너한테 피해가게 하겠니? 해봐. 내가 너와 네 엄마를 남같이 여기지 않으니까 그러는 거야. 엄마가 몸도 성치 않은데 니가 직장 다니면서 엄마를 돌볼 수 있겠어? 언제든 그만두고 싶으면 말해라. 나야 뭐, 건물 통째로 비워둬도 되니까. 내가 여기서 돈 벌려고 그러겠니? 니네 모녀 안쓰러워서 그러는 거지."

서 약사의 말은 하나도 틀리지 않다. 오히려 내가 감사해야 할 일이었다. 내게 약국 이층에 살면서 약국을 운영해 보라는 것이었다. 제조하는 약은 없고 거의 약용 음료나 소화제 파스 같은 것만 팔면 되니까 약사가 필요하지 않았다. 서 약사가 가끔 출근하겠다고 했다. 벌써 10년 전 일이다. 선거로 시장과 구청장이 바뀔 때마다 재개발 사업은 호재와 악재를 반복하면서 지지부진하고 동네는 점점 슬럼화 되었다. 나도 그때는 엄마가 치매 걸린 채 오래도록 살줄 몰랐고, 재개발이 이렇게 오래 걸리는 줄 알지 못했다. 이따금 오는 서 약사는 약국에 잠깐 들르고 단골 부동산 사장을 만나서 시간을 보내고 돌아간다.

치매 자체가 수명을 단축시키지 않고 합병증으로 사망하는 걸 아는데도 10년이 걸렸다. 그동안 두발로 걷던 엄마는 두발과 두 손으로 겨우 움직일 수 있게 되었고 밥이 죽으로 바뀌고 하루 중 제 정신으로 돌아오는 시간이 현저하게 짧아졌다. 때때로 돌아가신 아버지가 퇴근해 오기를 기다리고 내 임신을 위해 기도한다. 그럴 때는 차라리 나도 치매였으면 싶을 만큼 마음이 무너진다. 그 시간들은 내 얼굴에 주름을 하나씩 더 패이게 했고 차마 마주하지 못하고 곁눈질하는 거울 속 나는 흰 머리카락과 검은 머리카락이 자리바꿈을 하고 있었다.

내가 마지막으로 우사단 길을 떠나야지 하는 이유에는 남수네 모자도 있다. 남수 네 모자가 아직 떠나지 않고 있기 때문이다. 떠날 생각은 있는지 떠날 곳은 있는지 물어도, 남수어머니는 도통 말이 없다. 남수어머니는 전쟁 중에 부모와 월남해서 줄곧 우사단에서만 살아 왔다.

2

"약사님, 난 저 문이 영 맘에 안 들어요. 유리문이 철문처럼 무겁기는 왜 그렇게 무거운 지."

"아직 길이 안 들어서 그래요. 뭐든 적응하는데 시간이 걸려서 그렇지, 괜찮아질 거예요."

남수어머니가 약국 문을 오른쪽으로 밀었는데 딩딩딩 종만 울릴 뿐 문이 열리지 않자, 서 약사가 유리문을 당겨서 열어주었다.

서 약사가 갈고리로 쓸어 담을 만큼 돈을 벌어서 압구정동에 아파트를 몇 채나 샀다는 둥, 그 아파트 값이 올라서 부자가 되었다는 둥 소문이 동네에 파다하게 퍼졌지만 약국 출입문만 바뀌었을 뿐 내부는 그대로였다. 동네의 나이든 단골들은 익숙한 것을 좋아했다. 천으로 된 낡은 소파에 앉아있던 중년 남자가 일어나고 남수어머니가 자연스럽게 앉았다. 중년 남자는 박카스 한 박스를 사서 한 병씩 돌리며 대한민국은 1988년 올림픽 이전과 이후로 나뉠 거라고 말했다. TV에서는 올림픽을 홍보하는 화려한 쇼가 방송 중이었다. 올림픽이 가까워지자 이태원에 외국관광객들이 몰려들었다. 풍요가 이태원 대로에서 우사단으로도 흘러들었다. 우사단 길의 도깨비시장 난전에는 일찍이 볼 수 없었던 풍경이 펼쳐졌다. 길가에 리어카 장사가 늘었고, 사람들의 주머니가 열리고 겁 없는 지폐들이 앞 다퉈 나왔다. 우사단 길에는 다양한 사람들이 산다. 전쟁 때 월남해서 정착한 사람들, 전쟁에 참여했다가 장애를 입는 상이용사들이 사는 상이용사촌, 미군부대에서 일하는 사람들과 그들이 가져온 물건을 파는 미제물건 장사들. 가장 이질적인 사람은 미군들이 드나드는 클럽과 술집에서 일하는 여성들인데 그녀들은 우사단 길의 미용실, 옷가게, 화장품가게, 가구점 등 모든 가게들의 중요한 고객이었다. 거기에 올림픽 덕분에 관광객들이 꺼내는 달러까지 보태졌다. 슈퍼마켓에 밀려 폐업 날을 고민하던 엄마의 구멍가게조차도 혜택을 보았다.

서 약사가 부동산 사장과 부지런히 한강다리를 건너다니며 아파트를 사고, 아파트 가격이 올라서 두 손으로 심장을 눌러야할 정도라는 말이 과장이 아닐지도 모른다. 행복한 비명은 남수네도 마찬가지였으므로. 남수아버지가 운영하는 가전제품

매장은 TV가 없어서 못 판다고 했다. 그때부터 남수아버지는 달라졌다. 모르고 있었을 뿐이지 그전부터였을 지도 모른다. 남수아버지의 폭언과 폭행의 흔적이 골목에서 흘러나왔다. 또 다른 소문도 있었다. 남수아버지가 바람이 났다는 것이었다. 술집에서 만났다며? 애도 있다지? 사내애라던데? 어느 날부터 인가 우사단 길에서 남수아버지는 볼 수 없었다. 남수아버지가 없어도 동네에서 사람들이 수군대도 남수어머니와 남수는 떠나지 않았다.

남수아버지가 귀하게 여기던 남수가 고등학생이 되었다. 교복을 맞춰 입고 아버지를 찾아간 남수는 그날 아버지와 이별을 했다. 우사단 길이 술렁였다. 남수아버지가 죽었다는 것이다. 다들 믿지 못했다. 그럴 리가? 거짓말이지? 집에만 안 들어오지 멀쩡하게 장사하던 사람이 왜 갑자기? 잘못 들은 거 아니야? 나이도 얼마 되지 않았는데 죽다니? 하는 말부터 벌 받은 거여. 벌 받아도 싸지, 착한 남수엄마 버리고 가더니…. 남수엄마 불쌍해서 어째. 두세 사람만 모여도 수근 댔다. 약봉지를 들고 엄마가 들어오면서 혀를 찼다.

"어쩌냐, 어째. 세상에, 이런 일이 있냐? 불쌍타 불쌍해. 어쩌꼬. 남수엄마 어째 사냐. 그렇게 데려가다니. 죄는 죄고, 사람 목숨이…."

알 수 없는 말을 토막토막 뱉어내던 엄마는 눈물, 콧물을 찍어내고 판피린 뚜껑을 돌려서 단숨에 마셨다. 그리고 광목천을 이마에 두르고 누웠다. 궁금한 나는 엄마 앞으로 다가갔다.

"그래서 죄짓고 살면 안 되제. 그래도 그렇지. 하늘도 무심하지. 남수아버지가 원래 참 착한 이였는데, 어쩌다 그렇게 됐을고."

"도대체 무슨 일인데 그래요?"

"글쎄 말이다. 남수아버지 그 인간이 뭐가 씌워도 단단히 씌웠지. 남수 고등학교 입학금을 안 줬다잖니? 남수 공부하는 거 그렇게 좋아하던 사람이 말이다. 뭐가 씌운 게야. 그럴 사람이 아닌데. 남수가 학비 타러 지 애비한테 찾아갔단다. 그런데 남수가 보는 앞에서 남수아버지가 탄 차를 다른 차가 들이받아서 남수아버지와 첩년이 그 자리에서 즉사 했단다. 어이구, 내 가슴이 벌렁거리네. 도대체 이게 무슨 일이냐? 처자식 있는 남자 꾄 첩년은 벌 받아서 그랬다 쳐도 남수아버지는 살았어야하는데, 어쩐다냐? 애는 뭔 죄냐? 에이그."

"그 여자가 낳은 애도 아들이라 그랬지?"

"그렇다고 하더라. 어린 것이 불쌍하기도 하지. 무슨 그런 팔자가 있는지, 쯧쯧."

며칠 후 남수어머니는 남수의 이복동생을 데려왔다. 엄마는 듣자마자 쫓아갔다.

"애를 데려오다니, 미쳤냐? 걔가 누구라고 데려 오냐? 얼른 도로 데려다 줘."

"어쨌든지 남수애비 자식이고 남수 동생이잖어. …발걸음이 안 떨어지더라고. …어떻게든 살아지것지."

남수어머니와 엄마는 서로를 붙들고 울었다. 그러나 남수어머니의 말대로 어떻게든 살아지지 않았다. 남수의 삶은 멈췄다. 나아지겠지, 나아지겠지 하는 기원은 소용도 없이 이상한 행동까지 하기 시작했다. 결국 남수의 이복동생은 아이의 이모가 와서 데려가고, 하늘아래 모자만 남았다. 남수네 집은 사람이 드나드는 기척이 사라지고 가끔 남수어머니만 보였다. 누가 대문을 두드리거나 열기라도 하면 남수는 망치를 들고나가 휘두르며 얼굴이고 몸이고 가리지 않고 침을 퉤퉤 뱉었다. 엄마는 병원에 입원시키는 게 어떠냐고 넌지시 물었지만 남수어머니는 펄쩍 뛰었다고 했다.

내가 다시 우사단 길로 돌아오고 약국 일을 하면서 남수는 하루에 한번 약국에 왔다. 유일한 외출이었는데 까만 마스크로 얼굴을 반쯤 가린 채였다. 나에게 적의를 느끼지 않는 것은 분명한데, 말은 거의 하지 않았다. 남수는 매일 파스를 샀다. 작은 거울을 보며 신중하게 정성껏 오른쪽 이마와 양 손목·그리고 가슴에는 옷 위에 붙였다. 다 붙이면 거울을 보고 마음에 들지 않으면 다시 떼어 붙이기를 반복했다.

3

불 켜져 있는 집이 열채도 남지 않았다. 이삿짐 차들이 우사단 길을 떠날 때마다 마지막까지 있겠다는 마음이 흔들리고 덜컹거린다. 마지막을 대하는 마음은 그것이 어떤 마지막이든지 두려움 때문에 온 몸이 흔들린다. 이혼은 그 정도의 두려움은 아니었을까 흔들림이 없었다. 왜? 스스로에게 질문을 던질 때도 있다. 남편은 어땠을까? 미련하고 부질없는 생각 끝에는 스스로에 대한 질책만 남았다. 이혼 전에 했어야 할 이미 늦어버린 생각들로. 나는 그의 SNS에 들어가 보지 못한다. 복잡해지는 마음이 뭉뚱그려 두려움이라는 걸 인정하자 가슴이 저릿저릿했다.

나는 아주 쿨하게 남편에게 악수를 청했었다. 그리고 최대한 의연한 얼굴로

"행복하게 살아요."

했다. 밤새 연습한 말이었다. 남편의 표정이 어떠했는지, 무어라고 말했는지 기억나지 않는다. 똑바로 쳐다보지 않았으니까. 둘이 함께 불행하게 사느니, 남편만이라도 행복하게 살기를 진심으로 바랐다. 진심이었다.

결혼하기에 적당한 나이였고 결혼을 거부할 이유도 핑계도 없었다. 우여곡절도 없고 크고 작은 다툼도 없고, 양쪽 부모의 반대도 물론 없는 결혼이었다. 모든 것이 적당했다. 뜨겁지도 차갑지도, 넘치지도 모자라지도 않은. 초기에는 아이가 생기지 않으니 오히려 좋았다. 주변에서 아이는? 하는 인사를 받기 시작하자, 너무 조바심내도 임신이 잘 되지 않는다고 마음을 편하게 먹으라는 전화를 엄마는 거의 매일 걸었다. 불편하기 시작했다. 아이가 없으니 직장을 그만 둘 이유도 마땅히 없고 남편도 그만두라고 하지 않았다. 걱정이 스트레스가 될 무렵 임신이 되었고, 생각해보면 유일하게 행복한 때였다. 아주 잠깐이었지만. 하필 직장에서 야근이 반복되는 바쁜 때였고 유산이 되었다. 유산은 예상하지 못한 일이었다. 엄마는 어쩌면 그렇게 철딱서니가 없냐고 혀를 찼다. 다시 임신이 되었다. 또 실패하지 않기 위해 조심을 한다고 했지만 그런다고 달라지는 것도 아니었다. 그 후로 임신과 유산이 반복되자 남편과 나는 어느새 아이를 간절하게 바랐다. 결혼은 곧 자식인 것처럼. 그런 바람과 달리 임신조차 쉽지 않았고 임신은 금기어가 되었다. 남편의 눈길을 피하기 시작하니까 마주 앉아도 서로 할 이야기가 없었다. 같이 있는 공간이 불편해서 나도 남편도 자꾸만 밖으로 돌았다. 집은 단지 잠자는 공간이 되었다. 귀가시간이 더 늦은 사람은 편하게 자라는 핑계를 대면서 자연스럽게 다른 방으로 들어갔다. 그렇게 우리는 부부에서 동거인이 되었다. 나의 불임이 엄마에겐 치명적인 스트레스였을까? 엄마가 치매 판정을 받았고 나는 직장을 그만두고 엄마를 돌보기 시작했다. 엄마 집에서 생활하는 날이 많아지고 남편과 만나는 횟수가 줄어들었다. 찡그리지 않고 다투지 않고 이성적으로 이혼했다는 것에 대해 자부심이 있었다. 찌질 하지 않았다는.

계속 시끄러운 소리가 났지만 밤새 뒤척인 탓에 날이 밝아도 몸이 무거웠다. 인부들이 트럭에서 무언가 내리고 있었다. 허물어진 집에 사람들이 들어가지 못하도록 가림막을 설치하려는 것 같았다. 엄마가 아직 자고 있으니 일찍 일어날 이유도 없어서 다시 자리에 누웠다. 잠깐 잠이 든 사이, 자지러지는 비명 소리와 울음 섞인 고함에 놀라 일어났다. 남수네 문 앞에서 재개발조합 직원과 남수가 각목 하나씩을 들고 대치 중이었다. 조합 직원은 이마에서 남수는 머리에서 피가 나고 있었다. 혹시나 일어날 불상사를 대비해 남수는 집안으로 들여보내고 조합 직원은 문밖에 앉게 했다. 치료하는 동안에도 조합 직원은 분이 풀리지 않는지 씩씩댔다.

"내가 뭘 어쨌다고 사람을 패? 지가 깡패야? 이거 살인 미수야. 너, 내가 가만둘 것 같애? 당장 가서 고소할거야. 알았어? 경찰이 너 잡으러 올 거니까 꼼짝 말고 있어. 이 새끼야."

"내 아들은 죄 없어요. 죄 없어. 어여 가슈, 어여 가."

조합 직원을 밀면서 어서 가라고 남수어머니를 악을 썼다.

"그럼 누가 잘못했어? 이 할머니가 왜 이래? 사람을 이 모양으로 만들어 놓고 죄가 없어? 누가 먼저 쳤나 여기 있는 사람들한테 물어봐요?"

"내 아들은 죄 없어요. 죄 없어. 그러니 어여 가요."

남수어머니는 울며 통 사정을 했다.

이사 날짜를 물으러 대문을 두드리니까 부실한 대문이 자동으로 열렸고 남수가 다짜고짜 뛰어나와 삽을 휘둘렀다는 것이다. 조합 사람이 돌아가고 집안을 들여다보니 남수는 얼굴이 백지장 같았다. 남수가 무서워하는 사람 중의 하나가 경찰이다. 남수아버지 교통사고 현장의 목격자가 남수였었다. 참혹한 사건 현장에 대해 경찰서에서 몇 번이고 반복해서 진술했다고 한다. 남수에게는 너무나 잔혹한 일이었다.

한바탕 소동 후 사람들은 각자의 위치로 돌아갔다. 가림막을 설치하는 망치소리와 드릴소리가 끊이지 않았다. 엄마는 변기에 앉아 있었다. 두루마리 화장지를 갈기갈기 찢어 수북이 쌓일 때까지 해결되지 않으면 손가락을 자신의 항문에 넣어 변을 조금씩 후벼 판다. 그리고는 하얀 타일에 칠한다. 변으로 칠한 그림이 될 때쯤 냄새가 화장실을 나와 내 코에 다다른다. 나의 사정과 엄포는 소용이 없다. 위생장갑을 끼고 엄마의 항문주위를 주물러서 변이 더 나오도록 한 다음 씻겨서 지저귀를 채웠다. 벽에 똥칠할 때까지 너하고 살겠다던 엄마의 농담이 현실이 될 줄 엄마는 예상했을까? 차라리 치매인 것이 낫다. 똥 묻은 엉덩이를 보이는 수치는 인지하지 못하는 편이 나으니까. 사회복지사는 치매의 상태가 사람마다 다양하다고 했다. 돈 훔쳐갔다고 의심하거나, 사납게 욕을 하고 때리거나, 식탐으로 밤새 냉장고를 뒤지는 사람도 있고 잘 걷지도 못하면서 집을 나가는 사람도 있으니 말이다. 엄마는 순한 치매에 속하는 편이다. 처음엔 구역질이 났고 엄마의 항문에 손이 가지 않았다. 티슈로 코를 막고 마스크를 쓰고 일회용 비닐장갑을 끼고 눈물을 흘리다가 소리 내어 울기도 했다. 시간이 흐르자 변의 냄새보다 변의 상태가 더 중요했고 변이 잘 나오도록 항문주위를 마사지도 했다.

대변을 해결한 엄마는 잠을 청하고 나는 약국으로 가는 시간이다. 약국은 종일 한가하다. 남은 약도 거의 없다. 그래서 책을 읽거나 음악을 듣는 일로 소일을 하는 날이 많다. 책 한 권을 들고 내려오니 팔에 붕대를 감고 갔던 젊은 남자가 앉아 있었다.

"손님이 계셨네? 죄송해요. 아~ 저번에 왔던 분이네요? 팔은 어때요? 뭐 필요한 거 있어요?"

남자는 저어~ 하면서 봉지를 내밀었다. 뭐냐고 물으니 저번

24

에 고마워서요 한다. 비닐봉지 안에서 커피냄새가 난다.

"커핀가 봐요? 나한테 주는 거예요? 아이고, 고마워라. 커피 생각이 나던 참이었는데, 같이 마실래요?"

남자는 기다렸다는 듯 의자를 밖이 보이게 돌려놓고 앉는다. 커피 향은 약냄새를 감싸 안았다. 커피가 식을 때까지 천천히 마시고, 약국에 있는 자동커피머신의 커피 한잔을 더 마시고도 남자는 일어나지 않았다. 젊은이답지 않게 진중한 태도가 오히려 짠해보였다. 커피 잘 마셨다고 예의바르게 인사를 하고 약국에 마지막으로 남아있는 영양제를 샀다. 그런데 가져가지 않고 저번에 발 다쳤던 그 남자에게 전해 달라는 것이었다. 뜻밖이었다.

"남수를 알아요?"

"그날 뒤를 따라갔었어요."

"그랬군요. 남수 참 착한 애예요. 지금은 아파서 그렇지만. 오늘 아침에도 사고 쳐서… 남수 때문에 걱정이에요. 근데 받을라나 모르겠네. 아무튼 고마워요. 잘 전해볼게요. 안 받을지도 모르니까 주말 전에 들르세요. 환불해 드릴게요. 약국도 이번 주말까지만 열거든요."

"무슨 사고요?"

간단히 요약해 말해주자 무거운 표정으로 약국에서 나갔다.

4

엄마가 부르는 소리만 들어도 무슨 심부름인지 알 수 있었다. 나는 일부러 못들은 척하다가 엄마의 목소리에 짜증이 섞이면 그제야 느릿느릿 다가간다. 급하지도 않은 심부름인 걸 알고 있기 때문이다. 열 살의 내가 궁금한 건 이마에 띠를 두르면 머리가 덜 아플까이었다. 하지만 물어보지 않았다. 무엇을 물어보고 무엇을 물어보지 말아야하는지 정도는 눈치로 안다. 약국 문을 열자, 서 약사 곁에서 누나! 하고 남수가 반긴다. 남수가 박카스를 사고 있었다. 남수어머니는 오전에 박카스를 한 병 마신다. 엄마와 남수엄마가 약을 먹는 원인은 같아 보여도 종류는 달랐다. 두 사람이 같이 먹는 것은 까스명수다. 저녁 식사 후 골목 평상에 앉아 까스명수를 한 병씩 나눠 마시고 깊고 크게 트림을 한다. 시원하지? 응 시원하네 하며 상대방의 트림을 자신의 트림인양 좋아한다. 트림과 함께 답답함이 빠져나오고, 답답함의 무게만큼 시원해진 그 기분을 공유했을 것이다. 그러나 나는 어렸고 그녀들을 이해할 수 없었다. 시원해 하는 그 기분이 궁금하여 엄마가 먹고 난 까스명수를 거꾸로 들고 혓바닥에 탈탈 턴 적이 있다. 꺼멓고 들척지근하면서도 쓴맛에 욕지거리가 나서 침을 계속해서 뱉었다. 엄마와 남수어머니는 세상 쓴맛보다 쓰겠냐며 배를 잡고 웃었다.

엄마가 약을 달고 살기 시작한 것은 아버지가 새벽시장으로 출근하다가 길에서 쓰러져 그길로 세상을 떠난 후부터였다. 내가 초등학교 들어가고 얼마 되지 않아서다. 삼십대의 젊은 과부가 거친 시장 사람들에게 죽은 남편의 외상장부로 외상값을 받아 내는 건 녹록치 않았다. 엄마가 할 수 있는 건 수시로 약을 먹고 머리를 싸매고 누워서 먼저 간 남편을 욕하는 일이었다. 남수아버지가 열심히 일을 했지만 권위적이어서 남수어머니는 늘 주눅이 들어 있었다. 한 알의 약이 한 병의 드링크가 그녀들의 답답하고 고달픈 삶의 위로였을까. 세월이 흐를수록 그녀들이 먹는 약의 종류가 늘어났다. 의료보험이 생기고 병원의 문턱이 낮아져도 그녀들은 약국의 단골손님으로 남아있었다.

"누나, 어디가?"

하루에 몇 번을 만나도 남수는 그냥 지나치는 법이 없었다. 우리는 사이좋게 손을 잡고 걷다가 어느 집 대문 앞에서 굉장히 큰 통을 보았다. 남수에게 팔을 잡힌 나도 따라갔다. 재래식 화장실을 걷어내고 정화조를 묻어 수세식 화장실로 공사 중이었다. 마당의 흙을 파헤쳐 놓은 곳에 소주와 북어포를 놓고 아저씨가 절을 하고 있었다. 남수와 나의 궁금증은 커졌다. 지나가던 아줌마도 궁금한지 걸음을 멈추고 무슨 일이냐고 물었다.

"정화조 묻으려고 땅을 팠는데 다 삭은 관이 나왔지 뭐예요. 뼛조각도 보이고… 그래서요. 이곳이 옛날에는 공동묘지였다잖아요."

관과 사람 뼈 이야기에 나와 남수는 놀라서 뒷걸음을 쳤다. 땅속에 묻혀 있는 사람들이 놀랄까봐 뒤꿈치를 들고 살살 걸어서 약국으로 갔다. 서 약사는 평소와 다름없이 진지하게 들어주고 사탕 한 개씩을 쥐어주었다. 아무 때나 찾아와도 이야기를 들어주고 사탕이나 초콜릿을 주는 서 약사가 있어서 약국에 오는 일이 싫지 않았다. 서 약사는 약을 팔 때를 제외하고는 늘 신문을 보거나 책을 읽었다. 사람들은 궁금한 것이 있으면 그에게 가서 묻고 억울한 일이 있어도 도움을 청했다. 그는 약사이면서 때로는 중재자이고 조언자였다. 그래서인지 사람은 배워야한다고 엄마는 내 종아리를 때리며 공부에 목을 매었다. 내가 공부를 하면 서 약사처럼 될 줄 알았을까? 그의 약국에서 일하지만 서 약사는 되지 못한 딸의 처지를 모르는 게 얼마나 다행인가.

5

빈 박스들이 한쪽 벽을 차지했다. 짐을 싸는데 한 나절도 걸리지 않을 것 같지만 나름의 이사준비였다. 이삿짐센터에 시간을 확인했다. 약국에는 플라스틱 구급 약상자만 남았다. 이곳에서의 마지막 날이다. 엄마가 온전한 정신으로 폐허가 된 우사단 길을 떠나지 않아 다행이었다. 언젠가 여행에서 돌아오는 차 안에서 남산타워가 보이자, 엄마는 남산타워가 보이면 안심이 된다고 했었다. 이사 가는 곳에서는 남산타워가 보이지 않을 텐데….

  우사단 길 한쪽 끝에서 반대편을 향해 걸었다. 이슬람성원과 주말마다 플리마켓이 열리던 계단도 가보았다. 어릴 적 잠시 살던 아주 좁은 골목의 이층집도 스마트 폰에 담았다. 도깨비시장은 인적조차 없어 그야말로 도깨비만 사는 시장이 되었다. 매일 심부름을 다니던 가게에 두부 담던 판만 엎어져 있다. 두부가게 아줌마는 어디로 갔을까? 상이용사촌 입구의 목욕탕은 목욕탕이었음을 알 수 있는 목욕탕 표시만 남았다. 교회 앞에서는 피아노를 만지지 못하게 하던 인색한 목사도 떠올랐다. 한참을 그렇게 걸었다.

  멀리서 사이렌소리가 났다. 문득 마음이 불안했다. 생각은 뛰는데 몸은 더뎠다. 가까이 갈수록 사이렌소리가 점점 더 크게 들렸다. 나는 손을 허우적댔다. 내가 미쳤지. 왜 이렇게 멀리까지 온 거야, 다리대신 몸만 자꾸 앞으로 나갔다.

  매캐한 탄내가 코를 자극하고 연기가 우사단 길을 감쌌다.

남수네 집이 타고 있다. 시뻘건 화염이 한 송이 꽃으로 커다랗게 피어올랐다. 선명한 핏빛이었다. 소방관들은 불길을 잡기위해 호스로 물을 쏟아 부었다. 비워진 우사단 길에는 화재를 좀더 일찍 발견할 사람이 없었다. 마른 장작 같은 남수네 집은 순식간에 전소되고 비로소 화재가 진압되었다. 물기를 잔뜩 먹은 시커먼 화재더미들 사이에 세 사람이 발견되었다. 남수와 남수 어머니는 서로 안고 있었다. 그리고 한 사람. 그의 손이 남수의 손을 잡아당긴 듯 두 사람의 팔은 곧게 펴져 있고 남자의 손이 남수의 손을 잡은 상태였다.

부검 결과가 나왔다. 뜻밖의 소식과 함께. 젊은 남자와 남수는 혈연이라는 것이었다. 그날 약국에서 남수와 젊은 남자는 나를 보고 있었던 것이 아니었다.

―『월간문학』 2021년 5월호

레테의 강에서는

'무이에 오신 것을 환영합니다.' 아치형 구조물에 적힌 문구가 자동차 헤드라이트 불빛을 받아 어둠속에서 환하게 빛났다. 나와 나의 밀고 당기기 14시간 만이다. 쭉 뻗은 고속도로를 벗어나 국도로 들어서자 바닥이 거칠어지고 패인 곳이 있는지 차가 흔들렸다. 곧이어 커브구간이 반복되고 얼마가지 않아서 속이 울렁거리며 멀미가 나기 시작했다. 갓길에 차를 세운다음 안전벨트를 풀어 상체를 움직여보고 허리를 곧추세워 심호흡도 해보다가 등받이를 뒤로 제껴 눈을 감았다.

처음 무이에 왔던 8살 때 멀미를 심하게 했던 기억이 어슴푸레 떠오른다. 새벽에 출발해서 시외버스를 여러 번 갈아탔었다. 처음엔 아스팔트길을 달렸는데 버스를 갈아탈 때마다 길의 상태는 점점 나빠졌다. 흙길을 달리는 마지막 버스에서는 내장이 목구멍을 통해 나올 것 같이 심한 구토를 했다. 이미 여러 번의 구토로 소리만 요란할 뿐 아무 것도 나오지 않았다. 무이에 도착했을 때는 한밤중이었고 기진맥진한 나는 아버지의 등에 업혀 있었다. 아주 깊은 산골이었다. 밀착되어 있는 아버지의 등과 나의 가슴, 아버지 목을 감싼 나의 두 팔과 내 엉덩이를 바짝 당겨 안은 아버지의 두 팔은 핏줄끼리의 유대감을 느낀 유일한 기억이다. 다시 와 본적이 없지만 '무이'가 익숙한 것은 결혼 전 가끔 공적인 서류를 작성할 때 기입했기 때문이다. 대낮이어도 낯설었을 텐데 밤이라서 더욱 그러기도 했고, 눈으로 인지되는 거리 너머로는 아무 것도 보이지 않아서 몸이 수축되고 관자놀이에서 통증이 시작됐다. 검은 유리창에 비친 내 실루엣과 마주치자 눈에서 뜨거운 눈물이 일렁거려서 창문을 내렸다. 싸한 바깥 공기가 밀려와 뺨을 때리니 온몸의 털이 곤두섰다. 등받이를 제자리로 하여 자세를 고치고 생수병이 바닥날 때까지 마셨다. 어지러움으로 흔들려보였던 시야가 비로소 제대로 보이고 울렁임도 조금 가셨다. 다시 운전대를 잡고 내비게이션이 이끄는 대로 장례식장을 찾아 나섰다.

변기에 앉아 스마트폰으로 아침 뉴스를 검색하며 다리가 저릿할 만큼의 시간이 흘렀다. 창자가 비워지는 시원한 쾌감을 느끼려는 순간, 스마트폰이 부르르 떨었다. 정신적 안정이 깨어지자 한껏 이완되었던 창자는 순식간에 수축되어 버렸다. 액정에 남동생이라고 떴다. 침을 삼키고 숨을 한번 몰아쉬었다. 안부 전화를 하기엔 이른 시간이다.

"웬일이야? 무슨 일 있니?"

"아버지, 돌아가셨대."

이 순간을 수없이 상상했었다. 마흔에서 한해 두해 더해가며 부고를 받는 일이 잦아졌다. 대부분 친구나 지인의 부모님 부고였다. 그때쯤부터 나는 생각을 하기 시작했다. '어떻게 할 거냐고' 스스로에게 끊임없이 물었다. 그건 정답을 알면서 적지 않고 망설이는 것과 같은 꼴이었다. 가족이라는 형식적인 범주 안에서만 존재를 확인하는 사이지만 피로 맺어진 그 관계는 간절히 원할 때도, 지칠 대로 지쳐서 포기할 때도 선명하지도 지워지지도 않고 늘 그대로 놓여 있었다. 나름의 매뉴얼도 만들었던 것 같은데 떠오르지 않았다. 숨이 쉬어지지 않았고 머리가 조여드는 압박감을 느꼈다. 잠깐의 시간이 흐르고 냉정을 찾는가 싶었다. 그런데 거기까지가 아니었다. 심장 박동이 점점 빨라지고 숨이 가빴다. 허리를 펴고 한손으로 심장을 누른 채 코로 천천히 깊게 숨을 들이마시고 내쉬었다. 아무 것도 묻지 않자 남동생이 먼저 말했다.

"새벽에 돌아가셨대. 엄마모시고 먼저 출발할게. 올 거지?"

"엄마가 가신대?"

"수의까지 준비해 놓으셨던데?"

"……"

갑자기 머릿속이 뒤죽박죽되어 엉켰다. 수의라니? 전혀 예상 밖이었다. 이미 틀려버린 화장실 거사를 포기하고 일어서다 다시 주저앉았다. 다리가 저려서 발바닥에 힘이 들어가지 않았다. 벽을 잡고 간신히 방으로 왔는데 몸을 지탱한 힘이 빠져나가 와르르 무너졌다. 손가락 하나도 움직여지지 않고 눈꺼풀을 들어 올릴 힘조차 없었다. 다만 엉킨 생각들이 서로를 밀어내며 머릿속을 떠다녔다. 눈을 떴다 감았다 해보고 손가락을 움직여보고 몸을 옆으로 돌려보기도 했다. 시간이 꽤 흘렀다. 정신을 차리려고 억지로 몸을 움직여서 냉수 한 컵을 마셨다. 단숨에 목구멍을 타고 오물을 몸 밖으로 내보낼 듯싶었다. 다시 변기에 앉아 보았다. 치핵 수술 후 의사는 변기에 오래 앉아 있지 말라고 경고했다. 그러나 아늑한 화장실의 따스한 변기커버에 아무런 방해 없이 앉아 있는 시간을 포기하기가 쉽지 않다. 남편은 아침의 거사라고 표현한다. 긴 시간에 걸친 거사 후 느껴지는 새털 같은 아랫배의 쾌감은 하루의 컨디션을 좌우한다. 변기에 오래 앉아 있는 습관도 일종의 집착이라던 외과 의사는 가난과 아주 멀어보였다. 언제든 갈수 있는 화장실에 대한 간절함을 그는 모를 것이다.

엉덩이에 잔뜩 힘을 준채 달려간 집 뒤의 변소는 전날 철거

반이 왔었는지 부서져 있었다. 나무판자를 얼기설기 세운 벽으로 찬바람이 숭숭 들어오고 누가 들여다볼까 걱정되고 디딜 때마다 삐걱대는 발판은 자칫 빠질까 두려운 몹시 엉성한 변소였다. 그나마 감사해야 하는 곳이었다. 철길 밑에 일렬로 지어진 판잣집들의 수가 점점 늘어가자 구청 철거반원들은 불시에 들이닥쳐서 본보기로 몇 채씩 부수곤 했다. 이번엔 변소였나 보다. 그럴 땐 어디로 가라고 알려줘야 할 부모는 꼭 필요한 순간마다 부재중이었다. 스스로를 책임질 수 없는 미성년자는 배고픔만 해결하면 그리움도 덜해지고 생리현상만 해결해도 덜 슬플 수 있었다. 화장실을 가기위해 학교에 가장 먼저 등교하는 학생도 학교 도서관이 문을 닫은 후 고3과 함께 하교하는 중학생도 나였다. 창피한 일이 아니었지만 그때 나는 많이 창피했다.

엄마가 아버지의 수의를 준비해 놓았었다는 말이 머리에서 계속 맴돌았다. 한 번도 그런 말을 들은 적이 없었고 나는 상상조차 하지 못했다. 갑자기 엄마와 나 사이에 건널 수 없는 강이 느껴졌다. 지금까지 나를 세뇌시키고 내게 보여주었던 행동은 뭔가, 화가 스멀스멀 피어올랐다. 세탁기 작동이 끝났다는 알람이 시끄럽게 울렸다. 평소처럼 세탁물을 꺼내고 탈탈 털어서 건조대에 널었을 텐데 과정이 기억나지 않았다. 정신을 차렸을 때 빨래는 건조대에 말끔히 걸려있었고 내 손엔 빈 통만 들려 있었다.

 ―언니, 언제 갈 거야?― ―글쎄― ―갈 거지?― ―집안 일 좀 처리하고―

여동생에게서 문자가 왔다. 군이 목소리를 확인하고 싶지 않은 모양이다. 나도 마찬가지였다.

일이 생겨서 며칠 쉬겠다고 친구에게 전화를 했다. 딸이 기숙하는 재수학원에 들어가고부터 친구가 대표로 있는 회사에서 회계업무 일을 하고 있다. 친구는 믿고 맡길 수 있어서, 나는 할 일이 생겨서 서로에게 좋았다. 운동화만 신고 다니다가 구두를 신고 핸드백을 매고 직장인 대열에 합류하니 출근길 지옥철에서도 짜증이 나지 않았다. 시간보다 일찍 출근하여 환기를 시킨 후 공기청정기를 틀어놓고 퇴근 시간이 지나도 퇴근하고 싶어 조급증이 일지 않았다. 대학을 포기하고 직장을 다녔을 때와는 전혀 다른 마음가짐이었다. 그때는 직장이 돈을 벌기 위한 수단에 불과해서인지 즐거움을 찾을 수 없었다.

갑자기 무슨 일이냐며 친구는 궁금해 했지만 나는 알리지 않았다. 타인이 이해하기도 내가 충분히 설명하기도 어려웠다. 15년 전에 한번 만났지만 아버지와 왕래가 끊긴지 30년이 넘었다. 어쩌면 지금이 아버지의 장례를 치르는 통과의례를 겪어내기에 가장 좋은 때인지도 모른다. 남편은 이탈리아에 출장 중이라서 장례식에 참석하는 건 불가능하다. 딸은 기숙학원에 있고 수능이 한 달도 남지 않아서 데려가지 않아도 될 좋은 핑계거리다. 남편은 전화로 길게 안타까움을 전했다. 만난 적도 없는 장인의 죽음이 애통하다고 할 만큼 가식적이지 못한 사람이니 자신의 방법으로 최선을 다해 함께 가지 못하는 것에 대해 미안해했다. 난 그것으로 충분했다.

상념에 잠겨 꽤 오래 앉아있었던 것 같은데 시간이 더디게 흘렀다. 장례를 마치는 날까지 해결해야 할 일을 탁상달력을 들여다보며 적었다. 공과금, 카드대금 결제, 모임…. 먼저 모임에 불참 문자를 보냈다. 총무에게서 득달같이 전화가 왔다.

"늦게라도 와."

"미안해. 지방에 갈 일이 생겨서."

"왜? 무슨 일 있어?"

"아니야, 나중에 얘기할게."

"아이 참, 이번 모임에 불참자가 많아서 어떡하지? 교수님 출판기념회 어떻게 할지 의논해야 하는데, 참석자끼리 의논해보고 다시 만날 날짜를 정하던지 해야겠네."

퇴임 전에 출판기념회를 열어 졸업한 제자들에게까지 챙김을 받고 싶어 하는 교수의 마음을 이해 못하는 건 아니다. 하지만 몇 번씩 연락해서 강요하는 건 문학의 위상과 가치를 논할 때와는 전혀 다른 모습이었다. 나이가 들어 시작한 공부는 취업 목적인 공부가 아니고 공부를 위한 공부여서 그럴까? 알아가고 지식이 쌓여가는 충만함이 있었다. 나이 든 학생들의 경제적인 여유를 이용하려는 세속적인 몇몇 교수의 불쾌한 행동도 공부에 대한 기쁨을 상쇄시켰다. 전화를 끊고 나서 툴툴대는 총무의 목소리만 기억날 뿐 무슨 말을 했는지는 나중에까지 기억나지 않았다. 시간은 쉼 없이 흐른다. 좋을 땐 빠르게, 힘들 땐 더디게 지금은 아주 느리게.

공과금 고지서와 통장, 카드를 챙겨서 집을 나섰다. 뒤에서 잡아끄는 것처럼 걸음에 좀처럼 힘이 붙지 않았다. 공과금 기계 앞에서 일부러 더 긴 줄 뒤에 섰는데도 오늘따라 차례가 빨리 왔다. 현금인출기에서도 긴 줄에 서서 시간을 끌었다. 얼마를 인출해야할지 내 순서가 되었을 때까지도 망설였다. 넉넉하게 찾아야겠다고 생각했는데 넉넉한 정도의 금액이 떠오르지 않아서였다.

"어머, 가영이 엄마 아니세요?

뒤에서 누군가 내 팔을 잡아 돌아보니 딸의 친구 엄마였다. 반가워하는 그녀를 거절하지 못해 의자에 앉지 않고 엉거주춤한 자세로 섰다. 딸을 재수시키는 동병상련의 처지인 그녀는 얼마 남지 않은 수능에 대한 걱정과 불안을 은행 출입문 옆에 선채로 늘어놓았다. 내가 제대로 듣고 있는지는 관심이 없고 자신이 스트레스를 푸는 것에 열중이었다. 나는 핸드폰을 수시로 열어 시간을 확인했다. 그녀는 눈치를 챘는지 죄송해요 바쁘신데 내가 너무 잡고 있었죠? 언제 시간 내서 차 한잔해요 라며 누가 봐도 빈 인사말을 건넸다. 집으로 오는 길에 그녀가 무슨 말을 했는지 아무리 생각해도 떠오르지 않았다.

　12시가 되었다. 시아버지와 시어머니는 늘 그러하듯 텔레비전 앞에 자리를 잡고 앉았다. 점심 먹을 시간이다. 내가 집안에 있을 때만큼은 절대 스스로 식사를 해결하지 않는다. 맛이 있고 없고를 떠나 밥상 받는 것을 더 중요하게 생각하는 걸 알기 때문에 나도 최선을 다하는 정성을 들이지 않는다. 매일 반복되는 세끼는 숙제 같은 것이기 때문이다. 시아버지는 가끔 맛이 괜찮거나 새로운 음식에 대해 반응을 보인다. 칭찬이 아니어도 나에게 건너오는 시아버지의 따스한 표정에서 나는 위로받는다.

　"아버지가 돌아가셨대요."

　간단명료하게 전했지만 맥락까지 포함해 길게 전달되었는지 시어머니의 반응은 시간이 걸렸다.

　"그랬구먼. 어쩐지 출근을 안 한다 했어."

잠시 대화가 끊겼다. 시어머니가 먼저 무어라고 말을 했지만 들리지 않는 것처럼 나는 딴 이야기를 했다. 냉장고에 무엇무엇이 들어 있으며 어떻게 먹어야하는지, 내가 없는 며칠간의 끼니 해결할 일을 설명했다. 시어머니도 내말을 귓등으로 듣기는 마찬가지였다. 며느리에게 섭섭했다는 소릴 듣지 않으려면 어떻게 해야 하는지 궁리하는 것 같았다. 그렇다고 무얼 하는 것도 아니면서 계속 내 주위를 서성거려 신경이 쓰일 쯤, 딸에게서 전화가 왔다. 재수학원의 담임이 굉장히 조심스럽게 외할아버지께서 돌아가셨다고 전하고 괜찮은지 물었단다.

"엄마, 근데 나 가야해? 시험 2주일밖에 안 남았는데. 응? 어떻게 해?"

자신이 할 말만 속사포처럼 토해냈다. 마음이 흐트러진다며 전화도 잘 하지 않는 딸은 이번 시험에 거는 기대가 부모보다 더 컸다. 남편과 나는 하나뿐인 자식을 기숙하는 학원까지 보내는데 망설였지만 딸은 가겠다고 우겼다. 반드시 자신이 원하는 대학에 들어가고 싶다고 눈물까지 보이자 마음 약한 남편은 바로 허락했다. 오지 않아도 된다고 하자 딸은 외할아버지에 대한 언급은 전혀 하지 않고 바로 전화를 끊었다. 어쩌면 당연했다. 얼굴한번 보지 못한 외할아버지니까.

국을 끓이고, 불고기를 볶아서 이른 저녁 준비를 했다. 어찌 저렇게 별난지 몰러, 그냥 가면 될 것을. 누가 보면 시에미가 저

녁 해놓고 가라구 한 것 같잖여. 시아버지에게 구시렁대는 시
어머니의 목소리가 들렸다. 맞는 말이다. 자신이 고얀 시부모
소리 들을까 염려가 되기도 했으리라. 못들은 척 상을 마저 차
리고 비로소 짐을 챙겼다.

—엄마가 언제 오는지 자꾸 물어봐서— —빨리 와—
"출발했어?"
"언제 와?"
남동생, 여동생은 번갈아 문자를 보내고 전화를 걸어왔다.
그곳 상황에 대해서는 언급이 없고 다만 내가 언제 오는가만
물었다. 그들에겐 그것이 가장 중요한 문제인 것처럼. 어떤 상
황이 펼쳐져 있을지 상상할 수 없었다. 드라마에서처럼 첩이라
고 불리는 여자와 조강지처의 머리끄덩이 잡는 일이 벌어진 것
아니겠지? 거기까지 생각이 미치자 피식 웃음이 새나왔다. 현
실이 영화보다 더 드라마틱한 경우도 많지만 대부분의 현실은
감정보다 이성이 앞섰다. 외할머니의 죽음은 처음 경험한 죽음
이었고, 내겐 가장 슬픈 죽음이었다. 드라마처럼 식음을 전폐
하고 잠도 못자고 상실의 슬픔을 벗어나기 힘들 줄 알았다. 그
런데 삼일장을 치르는 동안 때가 되면 배가 고프고 밤이 되면
잠도 왔다. 하루 종일 눈물이 흐르지도 않았고 울다 지쳐 쓰러
지지도 않았다. 어른이 된다는 건 그런 것이었다. 기쁨에도 슬

픔에도 심장이 과하게 움직이지 않고 내면으로 깊이 가라앉는 앙금 같은. 가끔 감정이 소용돌이쳐 앙금이 떠오르면 목울대를 따라 뜨거운 개천으로 흘러 눈동자가 빨갛게 익어버리는 순간이 와도, 다리는 일상을 걷고 손은 설거지를 하는.

대문을 나서는 순간, 오긴 오는 거냐며 기다리다 못한 엄마가 전화를 걸어왔다. 근래에는 들어보지 못한 내가 가장 싫어하는 목소리였다. 짜증과 냉정이 섞인. 내가 오지 않을까봐 불안했을까? 다른 자식보다 더 아버지를 닮아서, 맏이라는 이유로 너그럽지 않았고 때론 가혹했다. 아버지의 첫 외도 상대인 그 여자의 딸은 나와 동갑이었고 같은 중학교에 다녔다. 아버지에게서 생활비가 제 날짜에 오지 않으면 나는 어김없이 그 여자의 집으로 보내졌다. 죽기보다 싫은 일이었지만 나는 어렸고 엄마의 말을 거역할 배짱이 없었다. 그 여자는 제법 큰 갈빗집을 하고 있었다. 아침 일찍 문을 삐죽 열고 쭈뼛거리며 들어가면 종업원들이 청소하다말고 뒤에서 수근 댔다. 얻어 입어 헐렁하고 후줄근한 내 교복과 달리 몸에 딱 맞는 빳빳하게 다림질 된 교복을 입고 나오는 그 여자의 딸과 마주치기라도 하면 나는 땅으로 꺼져 들어가고 싶었다. 찾아간다고 언제나 아버지를 만날 수 있는 것도 돈을 얻을 수 있는 것도 아니다. 거기서 아버지를 만나지 못하면 아버지 직장 앞으로 가서 만날 때까지 서서 기다려야 했다. 가기 싫은 눈치를 보이면 엄마는 아버지에 대한 욕을 폭풍처럼 퍼부으며 눈을 부라렸다. 나는 사람들이 오가는 길에서 아버지를 놓칠 새라 눈을 고정시켰다. 왜냐하면 엄마의 무서운 호통과 눈초리가 내 뒤에서 지켜보고 있었기 때문에. 어쩌다 아버지를 만나면 이번에는 반갑지 않고 귀찮은, 화내지 못해 짜증 난 그래서 더 외면하고 싶어 하는 아버지의 눈길을 감당해야 했다. 그렇게 엄마에게 내쫓겨 아버지의 뒤를 찾아다니는 기간이 길지 않았다 해도 내겐 아주 오래도록 힘들고 고통스러운 기억으로 남았다. 아버지에 대한 부정적인 시선은 내가 겪은 것에 엄마로 인해 덧입혀진 것들임을 엄마도 짐작할까? 한 번도 그때 일을 서로 꺼낸 적이 없다.

'무이장례식장' 간판이 보였다. 희끄무레한 아크릴 안으로 수명을 다해가는 형광등이 힘겹게 껌벅였다. 을씨년스러운 장례식장에 냉랭한 기운이 돌았다. 넓은 주차장 한쪽 구석에 차를 세우고 장례식장으로 들어가는 문을 지켜봤다. 드문드문 사람이 들어가고 나왔다. 누군가 나와서 손님을 배웅했다. 작은아버지였다. 얼굴을 구별할 만큼 환하지 않지만 그냥 알 수 있었다. 그런 게 핏줄이라고 외할머니는 늘 말했었고 나는 도리질을 했었다.

간헐적으로 주던 생활비도 끊기고 아버지는 그 여자와도 헤어졌는지 찾아가도 만날 수 없었다. 그러자 엄마는 나를 데리고 아버지의 지인들을 찾아다녔다. 자식을 대동한 조강지처는 누구나 안쓰러워하고 함부로 하지 않았다. 엄마는 남편을 찾고자 했는지 몰라도 나는 돈 때문이었다고 생각했다. 더 이상 아버지를 찾지 않아도 된 건 내가 돈을 벌 수 있었기 때문이다. 그래서 나는 아버지를 잊었다. 적어도 연락을 받기 전까지는. 작은아버지를 통해 연락이 왔을 때, 헤아려보니 15년이 지나 있었다. 같은 서울 하늘 아래 있었다는데 뇌졸중으로 쓰러진 아버지의 소식은 멀리 돌아서 왔다. 병들고 돈 없으니 조강지처한테 돌아온다는 흔한 레퍼토리도 아니었다.

'알아볼 수 있을까? 날 알아보실까?' 병실 문고리를 잡는 순간 망설였다. 내 뒤에는 동생들과 엄마가 바짝 붙어서 내 등을 미는 것 같았다. 천천히 문을 열자 양쪽에 4명씩 8명의 환자가 누워있었다. 시선이 한 바퀴를 돌기도 전에 고정되었다. 똑같은 환자복을 입은 남자 노인들이 누워있었지만 한눈에 알아보았다. 병원비 때문에 주민등록을 복원해 의료보험에 가입하기 위해 연락했다는 이유는 차라리 듣지 않았어야 했다. 아버지의 출현은 오히려 작은아버지와 불화의 빌미가 되었다.

"상태가 위중하니 같이 사는 여자를 돌려보내고 돌아가실 때까지 엄마가 돌보게 하자고요. 나는 그게 옳다고 생각해요."

아버지의 마지막만큼은 평범한 가정에서 하는 것처럼 하고 싶었다. 그건 평범하게 살지 못한 이들의 간절한 바람이다. 작은아버지는 이해하지 못했다. 내가 몇 번을 반복해서 말해도 홀로 자식 키우느라 고생한 형수에게 병든 남편을 간병하게 하는 것은 가혹하다. 같이 사는 여자가 간병을 할 뜻이 있으니 함께 시골로 데려가서 살 집을 마련해 주겠다고 하는 것이었다. 결국 남동생이 작은아버지의 뜻에 동조해서 아버지는 시골로 옮겨졌다. 나는 작은아버지와 연락을 끊었다. 긴 병에 효자 없다는 말처럼 아버지의 시골생활이 길어지자 작은아버지와 남동생 사이도 삐걱댔다. 내가 전혀 거들지 않자 남동생은 술이 잔뜩 취해서 화를 냈다. 비록 3살 터울이었지만 평소에 나는 부모 같은 누나였는데,

"어떻게 한번을 안 가볼 수가 있어? 누군 가고 싶어서 가?"

"내가 뭐라 그랬어? 모시고 갈 때 기억 안나? 너한테도 분명히 말했었지? 여자랑 같이 시골로 모셔 가면 나한테 아무 것도 기대하지 말라고. 이렇게 될 줄 몰랐어? 아무것도 기대하지 마."

찬바람이 돌도록 냉정한 말에 남동생은 더 이상 말을 잇지 못했다.

"형님이 저렇게 오래살줄 알았겠니?"

언젠가 친척의 결혼식에서 만난 작은아버지가 시름이 배인 한마디를 했다. 그러나 그 후로도 나는 시골에 가지 않았다.

작은아버지는 장례식장 문으로 걸어가고 있었다. 어깨가 많이 굽었고 걸음도 느렸다. 문 안으로 사라지는 것을 보고 나는 차에서 내려 작은아버지 뒤를 따라갔다. 젊은 아버지가 영정사진틀 안에서 나를 바라보고 있었다. 그 아버지를 기다리던 암울한 어떤 날이 훅 스쳤다. 나는 얼른 고개를 돌렸다. 막 저녁 제사를 지내려는 중이었나 보다. 엄마는 어디선가 상복을 품에 안고오더니 내게 입히기 시작했다. 검은 상복이 아닌 하얀 상복이었다. 그제야 상복 입은 남동생의 모습이 눈이 들어왔다. 베로 만든 누런 상복에 머리에는 건을 쓰고 지팡이까지 짚고 있었다. 요즘 장례식장에서는 전혀 보지 못한 것이었다. 내가 상복을 다 입자, 제사상을 차렸다. 앞줄에 전과 적이 영정사진 앞에는 밥과 물 한 대접이 놓였다. 국이 아니라 의아해 쳐다보니 물을 마시고 이승의 일을 잊으라는 이 지역 풍습이란다. 상복 입은 이들은 앞줄에 친척들은 뒷줄에 서서 두 번 엎드려 절하고 반절을 했다.

"난리가 났었어."

여동생은 나를 구석으로 데려가서 고개를 돌리지는 않은 채 눈으로 한쪽을 가리켰다.

"저 여자야. 기억 나? 병원에서 봤던 거."

기억나지 않았다. 아버지가 쓰러졌다는 연락을 받고 병원에 갔을 때 분명히 만났었는데. 앞 머리카락을 롤로 말았는지 동그랗게 말려들어 흐트러짐이 없었다. 자매로 보이는 여자와 나란히 앉은 그 여자는 모든 것이 애매했다. 젊음과 늙음, 유부녀와 첩, 당당함과 움츠림. 그 사이 어디쯤을 부유하는 것 같은 느낌이었다. 이미 오래도록 부부로 살아왔지만 당당할 수는 없는, 긴 병수발 끝에 임종까지 함께해 당당하지만 내세울 수 없는, 함께 늙어왔지만 호적은 젊은. 그리고 아들이 없는.

"글쎄 자기도 상복을 입어야 한다고 작은아버지한테 소리 지르고 난리가 났어. 엄마가 수의를 가져왔잖아? 아버지 수의와 우리들이 입을 상복만 들어 있더라구. 근데 작은아버지가 뭐라고 한줄 알아? 아들이 아버지 장례모시겠다는데 누가 토를 달고 나설 수 있겠냐고 한마디가 끝이었어."

요즘 젊은 부부들은 결혼해도 자식을 반드시 낳아야 하는 건 아니라고 말한다. 그런데 옛날 사람인 엄마에게는 자식이 가장 큰 무기이다. 특히 아들을 둔 조강지처인 엄마는 과거 우리의 어머니들이 왜 그토록 아들에 목을 매었는지에 대한 답이 되었다. 엄마가 평생 기다린 것이 이 순간이었을까? 아들을 대동하고 수의와 상복을 들고 온 엄마는 처절한 전투 끝에 승리했지만 초토화된 진지에 상처뿐인 육신만 남은 장수의 모습이었을까? 이혼하지 않고 버틴 이유가 그것일까?

　시골은 서울과 달리 주차장도 넓고 장례식장도 쓸데없이 넓었다. 얼굴도 모르는 문상객 서넛이 화투를 치고 그들과 멀리 떨어진 자리에 두서넛이 술잔을 놓고 두런거린다. 문상객의 예의를 져버리지 못하고 자리를 지키고 있는 것이다. 탁자와 탁자 사이에는 모로 누운 친척들의 코고는 소리가 간간이 적막을 깼다. 그럼에도 불구하고 넓은 장례식장은 휑뎅그레하다. 남동생은 빈소를 지키고 여동생은 아이와 남편을 데리고 방으로 들어갔다.

　"뭘 좀 먹었니? 이거라도 먹어라."

　엄마는 내가 하루 종일 굶은 걸 알았을 거다. 일회용기에 담긴 육개장은 남아있는 식욕도 앗아갈 정도로 시뻘겠다. 몇 번을 권해도 숟가락을 들지 않자 맥주 한 병을 가져와서 잔에 가득 따라서 엄마와 내 앞에 놓았다. 엄마와 술잔을 마주하는 것도 처음이다. 내가 어른이 되어보니 아버지의 술주정이 결코 심한 편은 아니었다. 그러나 부모의 말 한마디에 좌지우지되는 어린애의 눈에는 술 먹고 들어와서 엄마와 다투다 종내는 물건을 집어던지는 아버지의 모습은 공포였다. 어떤 일로 다툼이 시작되어도 마지막은 아버지의 외도와 아이들을 키울 만큼 충분한 돈을 주지 못하는 아버지의 잘못으로 귀결되었다. 엄마는 독기가 오를 대로 올라 자식이 보고 있는 것도 개의치 않았고, 할 말 없는 아버지는 손에 잡히는 대로 집어 던졌다. 날카로운 굉음이 집안을 뒤덮고 말리지도 나가지도 못하는 자식들은 엑스트라로 그 무대를 지켰다. 술 취한 아버지의 눈은 열에 들떠서 초점을 잃었고 그래서 더 무서웠다. 아버지가 다시는 집에 들어오지 않을 것을 모두가 예감했을 때, 이번엔 엄마가 술을 마시며 울었고 소리를 질렀다. 너 때문이었다고. 처음에 엄마가 말하는 '너'가 '나'인줄 몰랐다. 너 때문에 살았다고, 너 아니었으면 진즉 안 살았을 거라고. 나는 기가 막혔다. 왜 낳았냐고 물어 보고 싶었기 때문이다. 내 질문이 목구멍에 상처를 남기며 넘어가고 엄마의 말이 내 폐부를 찔렀다. 스물을 갓 넘긴 엄마는 부모님이 마음에 들어 하는 남자와 결혼했다. 엄마는 평생 일찍 시집보낸 외할머니를 원망했고 자신의 발목을 잡은 나를 탓했다. 엄마는 몰랐을 것이다. 술병이 나뒹굴고 술 냄새가 진동하는 방에서 정신을 차리지 못한 채 아침을 맞는 엄마를 지켜보는 어린 아이의 마음을. 음주의 능력은 가족력과 상관관계가 있는 걸 어른이 되고 알았다. 친구들과의 첫 술자리에서 내가 술이 세다는 것을 알았다. 다시 술을 마시지 않는 이유였다.

내 앞의 술잔을 엄마 앞으로 밀었다.

"수의는 언제 해놨어요? 왜 해놨어요?"

하루 종일 담고 있던 말이었다. 대답대신 엄마의 눈길은 건너편 빈소의 영정사진으로 갔다.

"저 사진 봐라. 어디 악한 구석이 있어 뵈니? 니 아버지는 여리고 착한 사람이었어. 사람이 모질지 못해서 그렇게 산거야."

내 귀를 의심했다. 엄마를 정면으로 봤다.

"착해서 그렇다고요?"

"다 내 잘못이다. 너한테도, 니 아버지한테도……. 다른 애들은 가끔 찾아가보는 거 같던데 너는 한 번도 안간 거 안다. 너한테 미안치. 잘못인 줄도 몰랐다. 그땐 ……그때는 왜 그렇게 앞뒤 분간이 안 됐을까…… 기다리면 돌아왔을지도 모르는데…… 돌아왔을 텐데. 미련했어. 내가 미련해서 그랬지……."

앞에 앉은 사람은 내 엄마가 분명한데 자꾸만 의심이 들었다. 엄마는 항상 자신이 옳았고 머리 숙이거나 미안하다는 말을 한 적이 없다. 그런 엄마는 어디로 가고 내 앞에 낯선 할머니가 있었다.

"그날 가지 말았어야 했어. 그랬더라면 돌아왔을지도 모르는데, 밤을 꼴딱 새우고 나니까 내 정신이 아니었어. 그 집까지 어떻게 갔는지 기억이 없더라. 정신을 차리고 나니까 그 집은 난장판이 되어 있고 니 아버지 허벅지에서 피가 뚝뚝 떨어지고 내입에서 피 냄새가 진동하고 이빨사이에 살점이 묻어 있었어.

아마도 그때 오만정이 떨어졌을 거야. 그 뒤론 니 아버지를 원망하는 힘으로 버텼으니 참 미련하지. 니 아버지는 착해빠져서 들러붙는 그 여자를 거절하지 못한 것뿐인데. 내 팔자를 탓할걸, 그렇게 살도록 타고난 내 팔자 탓을 말이야."

한 번도 풀어 놓은 적 없는 속마음을 꺼낸 엄마는 진이 빠지는지 한쪽 벽에 쌓여 있는 방석에 몸을 기댔다. 할 말들이 내 심장을 두드리며 목으로 다투어 올라왔지만 나는 이빨이 깨지도록 힘주어 입을 다물었다. 심부전을 앓고 있는 엄마의 불규칙한 숨소리가 내 귀에 크게 들려왔기 때문이다.

"입이 자꾸 마르는구나. 물 한잔 갖다 줄래?"

찬물과 더운물을 섞어 미지근하게 만들었다. 엄마는 남기지 않고 다 마시더니 숨을 토해내고 몇 번의 트림을 했다.

"더 드실래요?"

"아니다. 됐어. 이만하면 됐어."

"이제 그만 말하고 쉬는 게 좋겠어요."

내 말이 들리지 않는지 엄마의 말은 느리게 계속되었다.

"니 아버지 쓰러져서 연락 왔을 때 말이다, 니 말대로 시골로 보내지 말고 그때 내가 병간호 했었어야 했는데, 그땐 솔직히 자신도 없구, 평생 마음 고생시키더니 말년에 몸 고생까지 해야 하나 싶어 화도 나구, 니 작은아버지가 시골로 모셔간다고 할 때 한편으론 고마운 생각도 들더라. 그런데 시골로 가서 그렇게 오래 살 줄 누가 알았겠냐. 다 내 죄지. 내가 모자라고 죄가 많아서. 이제 그만 니 아버지 용서해라. 죽었는데 더 이상 원망 붙들고 있으면 뭐 하겠냐."

새벽 5시에 발인이라고 했는데 벌써 2시가 넘어가고 있었다. 엄마는 더 이상 말이 없고 숨소리는 점점 더 거칠어졌다. 담요를 덮어주고 옆에 누웠다. 엄마의 말들이 조각난 채 내 귓전에서 모였다 흩어지고 흩어졌다 모여들었다. 그러다 깜빡 잠이 들었다.

강가에 작은 배가 여럿 있고 배를 타려는 사람은 모두 흰옷 차림이다. 사공이 흰옷 차림의 사람을 태우자 배가 강을 건너기 시작한다. 얼굴이 보이지 않았지만 흰옷은 아버지였다. 꿈에서도 궁금했다. 얼굴이 보이지 않는데 아버지인줄 어떻게 알지? 외할머니가 그랬었다. "그게 가족이란다." "죽은 사람을 꿈에서 보면 얼굴이 보이지 않는단다." 또 다른 흰옷 차림의 한 사람이 뒷걸음으로 걸어 배에 다가간다. 역시 얼굴은 보이지 않았지만 엄마였다. 뒷걸음질이었지만 한 치의 오차도 없이 배에 다가간다. 꿈에서도 할머니의 말이 떠올랐고 놀란 나는 달렸다. 아무리 달려도 나는 그 자리였고, 엄마의 몸은 가볍게 들리어 배에 올려지고 배는 느릿느릿 강을 건너간다. 아버지가 탄 배 쪽으로. 나는 울면서 소리를 지른다. 배는 멀어지고 엄마는 무심하게 두 손을 모아 강물을 떠 마신다.

내가 지르는 소리에 놀라 꿈에서 깼다. 벌떡 일어나 엄마의
팔을 잡았다. 아직, 아직은 따스했다.

－『문학사학철학』 2020년 여름호

젠트리피케이션의 내일

고양이 두 마리가 일정한 거리를 두고 대치 중이었다. 등을 곧추세우고 꼬리는 바짝 쳐들고 온몸의 털을 가시처럼 뻗고 서로 노려보고 있었다. 눈도 깜박이지 않고 시선을 돌리지도 않는다. 상대에게 집중한 채 꼼짝 하지 않는 시간이 얼마나 흘렀을까. 허점이 보였는지 노란 고양이가 먼저 오~아~옹, 와~오~옹 고음과 저음을 오가는 날카로운 소리를 냈다. 그러자 검은 고양이는 우우~오오옹~냐 중저음으로 답한다. 싸움이 한판 벌어지기 직전처럼 보였다. 그러나 둘은 섣불리 달려들지 않고, 자극하는 소리만 내며 서로의 틈을 노렸다. 나는 흙을 한 줌 집어 냅다 던졌다. 그러자 두 고양이는 기겁하고 서로 반대쪽으로 달아났다.

두 고양이의 울음소리가 사라진 가게 앞은 고요 그 자체였다. 식당문은 출입을 금지하는 테이프가 붙어 있었다. 멀리서도 잘 보였던 커다란 간판은 반쯤 뜯겨져 바닥에 비스듬히 걸쳐져 있다. 약간의 충격에도 넘어갈 듯 몹시 위태로워 보인다. 식당이 있는 길은 차가 다니는 큰길 뒤쪽의 길이어서 한적했었다. 어느 날, 방송에 소개되면서 유동 인구가 많아지더니 구석마다 일회용품등 쓰레기들이 나뒹굴었다. 한 달 넘게 문이 닫혀 있는 식당 주변은 쓰레기가 더미를 이뤘다. 눈치 빠른 튀김장사는 어느 틈에 식당 건물 한쪽에 리어카를 고정시키고 기름을 날려가며 오징어를 튀기고 있다. 땅바닥은 기름이 튀어 시커멓게 변했다. 언니가 늘 물청소로 쓸고 닦던 곳이었다.

언니의 세 번째 실종을 알리는 형부의 목소리는 첫 번째, 두 번째와 달랐다. 첫 번째 때는 목소리의 떨림이 내 귀까지 고스란히 전해졌었다. 곧 들어올 걸 예상했던 두 번째는 아내에게 최선을 다하는 남편의 예의로 들렸다. 오늘 형부의 목소리는 지쳤다는 하나의 단어로 표현하기에는 부족함이 있다.

내가 점심 같이 먹자고 언니와 마지막 통화를 한 것이 2시간 전이다. 잠에 취한 것인지, 잠을 못자서 인지 언니의 말을 알아듣기 힘들었다. 언니는 잠을 못 잔다고 괴로워했다. 하지만 그대로 믿을 수 없는 이유는 밤만 되면 눈이 말똥해졌기 때문이다. 진지한 자세로 식탁에 앉아 밤새 무언가를 적었다. 종이에

글자가 가득 채워지는 아침쯤이면 식탁에 엎드려 쪽잠을 잤는데, 방에 들어가 자라고 어깨라도 만지면 화들짝 놀라 식은땀을 흘리며 헛소리를 하곤 했다. 그런 언니의 상태 때문에 형부와 나는 2시간 연락두절을 실종으로 여기는 것이다. 한 모금 정도 남은 커피를 버리려다가 마셨는데 목에서 넘어가지 않았다. 커피를 뱉어내고 핸드폰을 켰다. 연락처의 ㄱ부터 ㅎ까지 움직여 보았다. 연락처들과 내 생각은 퍼즐 조각이 되어 머릿속을 떠다녔고, 그중 하나도 맞춰지지 않았다. 핸드폰 화면에서 움직이던 손가락이 멈추고, 느리게 유영하던 조각들도 그대로 정지해버린 듯한 순간, 벽시계의 초침만 불안한 소리를 내며 움직였다. 실종 시간이 1초씩 길어지고, 나는 입고 있는 옷에 점퍼만 걸치고 가방과 핸드폰을 들고 일어섰다.

언니가 올 거 같지는 않았지만 언니 찾기의 시작은 매번 식당에서 시작했다. 고양이가 달아난 뒤, 출입금지 테이프 사이로 유리창에 얼굴을 대고 안을 살폈다. 테이블 위로 방석이 널브러져 있고 인기척은 없다. 그런데 내 눈엔 주방에서 홀로, 홀에서 계산대로 바쁘게 움직이는 언니의 모습이 그려진다.

"왜 이렇게 늦게 왔어? 바쁜 시간인 줄 알면서 빨리빨리 올 것이지."

나를 보자마자 언니가 늘 하던 소리가 이명처럼 귀에서 웅웅거린다.

"밥 먹어라."

언니는 아무리 바빠도 밥을 챙겼다. 안 먹는다고 해도 소용이 없었다. 고집을 부렸다가는 등짝을 맞고 결국 밥을 먹어야 했다.

은근슬쩍 나는 저녁 시간 고정 아르바이트가 되어 버렸다. 7살 터울의 언니는 결혼을 안 한 나를 마치 딸 대하듯 한다. 식당이 바쁠 때 가끔 도와주었더니 아르바이트로 고용한 것처럼 제 시간에 오지 않으면 노골적으로 싫은 티를 냈다. 엄마가 세상을 떠나고 언니 곁으로 이사 온 걸 후회한다고 투덜대기라도 하면 오히려 더 긴 잔소리를 늘어놓았다.

저녁 시간은 하루 장사의 피크타임이다. 그 시간에 1층 홀을 언니 혼자 담당한다. 숯불 나르고, 계산하고, 테이블 셋팅하고 치우는 일을 반복하고 나면 다리가 아파서 잘 걷지도 못한다. 그런데도 일하는 사람을 늘이지 않았다. 종업원은 주로 조선족이다. 한국에서 일하는 조선족들은 네트워크가 잘 형성되어 있어서 노동법에 대해 잘 알았다. 몇 달 혹은 더 길게 트러블 없이 다니다가도 그만두면 이런저런 꼬투리를 잡아 고용노동부에 신고하기 일쑤였다. 식당 일로 바쁜 중에 언니는 고용노동지청에 여러 번 불려 다녔다. 결과는 늘 고용주에게 불리하게 끝났다. 그러다 보니 종업원에 대한 스트레스가 이만저만이 아니었다. 종업원들은 점심 장사가 끝나고 3시간씩 브레이크 타임을 갖는다. 그러나 그 시간에도 쉬지 못하고 일하는 사람은 자영업자중에도 영세자영업자인 언니였다.

한낮의 햇살에 저절로 눈이 찌푸려졌다. 약간 눈을 찌푸렸을 뿐인데 눈물이 흘렀다. 참았던 감정의 골이 터져 눈물이 화수분처럼 솟았다. 도대체 어디로 갔을까? 어디서 어떤 상태로 있는 걸까? 생각은 꼬리에 꼬리를 물고 급기야 목구멍에서 꺽꺽 소리가 났다. 엄마가 세상을 떠난 후 언니는 나에게 부모이고 언니의 친정은 나였다. 남편은 친정보다 든든한 나의 편이 아니라 남의 편이라던 언니의 말이 조금 전 형부의 목소리를 들었을 때 실감이 났다.

"형부, 식당에는 없어요. 저는 엄마 납골당에 가볼게요."
"거긴 뭐 하러 가? 찾을 필요 없어. 찾지 마. 빌어먹을….."
"형부, 그게 아니라….."
"시끄러, 찾지 말라니까?"
형부는 나의 다음 말을 허용하지 않았다. 원래 그런 사람이 아니었다. 언제나 언니 말에 따르던 형부였는데 소송이 시작된 후로 언니와 형부의 사이는 삐걱댔다.

"포기해. 다 포기하라고, 다 소용없는 일이라니까?"

형부는 답답하다며 주먹으로 가슴을 치다가, 머리카락을 쥐어뜯을 듯 손으로 잡아당겼다. 그러나 언니는 등을 보이고 돌부처처럼 앉아 있었다.

"왜 이렇게 무모하냐? 이 건물이 당신 거야? 아니잖아. 그동안 당신이 여기에 얼마나 공을 들였는지 알아. 내 집보다 더 쓸고 닦고, 고치고 했으니 남의 것이라는 생각이 안들 수도 있지만 그래도 현실을 똑바로 봐."

"당신이 뭘 알아? 뭘 아냐고. 당신이 내 마음을 잘 알아? 언제부터 그렇게 잘 알았어?"

언니가 고래고래 소리를 지르다 울음이 터지자, 형부는 밖으로 나가버렸다. 소송이 이어지는 동안 언니와 형부의 다툼도 잦아졌다. 두 사람은 상대방의 말을 들으려 하지 않고 서로 자기 말만 하고 있었다.

눈물이 마르니 눈도 입도 뻑뻑했다. 헛바닥을 움직여 침으로 입안을 축였다. 생수 한 병도 허투루 사지 않던 언니를 타박했던 나는, 언니를 닮아가고 있다. 평일 오후의 시외버스 승객은 네 사람이 전부였다. 항상 언니가 앉아 있던 옆자리가 허전했다. 버스표를 사는 것도, 승차할 버스로 안내하는 것도, 내릴 준비하라며 내 짐까지 챙기는 것도 언니였다. 점심 장사 전에 돌아와야 하는 언니는 날이 밝기 전에 시외버스를 탔다. 버스를 타면 내릴 준비를 했고 납골묘에 도착하기도 전에 서울 가는 차 시간을 알아봤다. 매번 언니한테 이끌려 번갯불에 콩 굽듯 다녀왔다.

창밖으로 보이는 멀리 있는 산은 붉게 변하기 시작했고, 추수가 끝난 논과 추수를 기다리는 묵직한 벼들이 보였다. 여러 번 지나다니던 길이었지만 처음 보는 풍경 같았다. 언니는 버스에 나란히 앉아 쉬지 않고 말을 걸곤 해서 바깥 풍경에 신경 쓸 겨를이 없었다. 학원 사정은 좀 어떠니? 넌 언제까지 다닐 거니? 다른 일을 알아봐야 하지 않니? 너도 점점 나이 드는데 언제까지 남 밑에 있을래? 더 나이 먹기 전에 늙어서도 할 수 있는 일을 찾아야지. 언니의 이야기 맨 마지막은 남자도 좀 사귀고 그래야 하는데… 늙으면 누구한테 의지하고 살래? 매번 레퍼토리도 변하지 않았다. 그리고는 땅이 꺼지게 한숨을 쉰다. 그러면 나는 고개를 숙이고 두 손을 모으고 야단맞는 아이가 되어야 했다. 지금, 그 언니가 없다. 순간 코끝이 찡하고 입술이 떨렸다. 힘을 주어 입술을 깨물었더니 비릿한 피 냄새가 났다. 달리던 버스가 좌회전 신호를 켜고 멈춰 섰다. 가방을 챙기면서 내릴 준비하라는 언니의 말이 귓가에서 맴돌았다.

버스는 정류장에 나를 내려놓고 곧바로 떠났다. 멀어지는 버스를 바라보면서 나는 우두커니 서 있었다. 빨리 납골묘로 가야 한다는 마음과 달리 몸은 자꾸만 지체했다. 언니가 있었다면 내리자마자 납골묘로 가는 셔틀버스 시간을 알아보고, 서울 가는 시외버스 시간표도 확인했을 것이다. 가끔 나와 언니의 다름에 대해 생각할 때가 있다. 매사에 바쁘게 움직이는 언니와 내가 다른 건 타고난 성향인지 환경 때문인지에 대해서. 내 일상은 바쁜 것과는 거리가 멀었다. 하는 업무 또한 촌각을 다투지 않고 정해진 시간만 일하면 되기 때문이다. 납골묘에서 운행하는 셔틀버스 시간표 앞으로 갔다. 20분을 더 기다려야 한다. 강한듯해도 한여름의 열기가 사라진 가을볕은 힘이 빠져 고스란히 맞고 앉아 있어도 덥지 않았다. 도로의 차들도 길가의 사람들도 햇빛을 충분히 받으며 느리게 움직였다. 그 사이로 요란한 소리를 내며 바쁘게 지나가는 건 우체부의 빨간 오토바이 한 대뿐이었다. 그렇다. 이 모든 고난의 시작은 우체부가 가져온 편지 한통에서 부터였다.

내가 내용증명이라는 편지 한 통을 본 것은, 원장 때문에 신경이 날카로워진 채로 퇴근 후 식당에 간 날이었다. 식당 앞에 도착했을 때, 고양이 두 마리가 서로를 노려보며 날카로운 소리를 내고 있었다. 한 마리는 식당 앞에서 가끔 보던 고양이인데, 한 마리는 처음 보는 고양이였다. 둘 중 한 놈이 달려들면 한판 싸움이 벌어질 판이었다. 그들에게는 긴장된 순간이지만 인간인 나에게는 시끄러운 소음이었다. 시끄러워 가~ 하고 소리를 질렀다. 두 고양이는 고개를 쳐들고 나를 빤히 쳐다보며 움직이지 않았다. 팔을 휘저으며 위협해도, 발로 땅바닥을 구르며 거친 소리를 내도 고양이들은 눈도 깜짝하지 않고 나를 비웃듯 꼼짝도 하지 않는 것이었다. 갑자기 눌렸던 화가 불쑥 치밀어 올랐다. 동물도 나를 무시하나? 좋은 방법이 없을까 두리번대다가 화단의 흙을 한 움큼 집어 고양이를 향해 뿌렸다. 나와 고양이들, 고양이와 고양이의 싸움은 끝났다. 두 고양이가 혼비백산하며 달아나 버린 것으로.

언제부터였는지는 기억나지 않는다. 식당 근처에 노란고양이가 어슬렁대며 가냘픈 소리를 냈다. 언니는 사료와 물을 주고 노랑이라고 불렀다. 길고양이의 습성인지 안으로 들어오지는 않았다. 돌아다니다가 배가 고프면 나타나곤 했다. 그런데 어느 날 검은고양이 한 마리가 기웃대며 언니가 놓아둔 사료를 먹고 있었다. 언니의 입장에서는 두 고양이 모두 객식구이니 상관하지 않았다. 검은고양이는 까망이라고 불렀다. 인간인 우리에게는 노랑이든 까망이든 그냥 고양이였지만 두 고양이는 생존이 걸린 문제였을까? 만나기만 하면 서로를 향해 공격성을 드러냈다. 싸움이 한번 벌어지면 쫓고 쫓기는 광란의 질주도

마다하지 않았다. 나는 고양이를 키워본 적이 없어서 처음엔 그것이 영역싸움이라는 걸 몰랐다. 그래서 식당 앞에서 처음 고양이 소리를 들었을 때는 구별이 되지 않고 '야옹' 하나로 들렸다. 그런데 인터넷에서 애묘인들이 올린 글을 읽고 나서 유심히 들으니 확실히 달랐다.

"이것들이 어디서 싸움질이야?"

내가 고양이에게 소리 지르는 것이 들렸는지 언니가 문밖으로 나왔다.

"왜 그러니?"

"고양이 놈들 쫓아버렸어. 그렇지 않아도 짜증나는데 저것들까지 내 신경을 건드리잖아."

"걔들 맨날 그러는데 뭘 새삼스럽게 그러냐? 밥이나 먹어라. 괜히 고양이한테 화풀이 하지 말고."

세상의 서열 갑을병정쯤에서 내가 병이라면 고양이를 정으로 여겼을지도 모르겠다. 갑이나 을과 싸워야 하는데 약자인 정에게 화풀이한 꼴이 되었다. 허겁지겁 밥그릇을 비우자 꽉 차있던 스트레스가 빠져나간 자리에 피곤이 밀려들었다. 그때, 언니가 편지 봉투를 내밀며 읽어보라고 했다. 굵은 고딕체로 맨 위에 내용증명이라고 쓰여 있었다. 그 아래로 받는 사람, 보내는 사람 그리고 잘 이해되지 않는 낯선 단어들이 주를 이루는 긴 내용이 적혀있었다. 언니는 기가 막힌다는 말을 몇 번이나 반복하면서 내용의 부당함에 대해 열변을 토했다. 그러나 내 몸은 피곤을 이기지 못해서 아무리 언니한테 집중하려 해도 눈꺼풀이 자꾸만 내려앉았다. 사실은 내용증명이 가져올 사태에 대한 지식이 없어서 더욱 그랬다. 어이구, 너한테 떠드는 내가 잘못이지 하며 언니는 내용증명을 봉투에 넣었다.

다음 날 언니는 건물주를 찾아갔다. 밤을 새우면서 건물주와의 만남에서 일어날 수 있는 여러 가지 경우의 수를 생각했을 것이다. 그러나 건물주는 언니보다 더 철저하게 준비된 상태였다. 건물주는 언니를 직접 상대하지 않고 변호사를 통해 식당을 왜 비워야 하는지에 대해 전했다. 건물주와 그동안 맺었던 정에 호소하려 했던 계획이 수포로 돌아갔다. 길이 넓어지기 전까지, 유동인구가 많아지기 전까지 건물주와 언니 사이에는 아무런 문제도 없었다. 언니도 건물주가 좋은 사람이라고 했었다.

내가 사태의 심각성을 제대로 인식한 건 1심 재판에서 패소했을 때였다. 식당 건물의 주인이 언니에게 가게를 비워달라고 소송을 제기했다는 말을 듣긴 했었다. 그러나 소송에 대해 지식이 없었던 나는 어떻게 잘 해결되겠지, 막연하게 생각했었다. 언니도 패소할 줄 몰랐던 것 같다. 소송에 초보였던 언니는 순진하게도 법은 약자의 편일 거라고 믿었다. 변호사도 승산이 있다고 했을 것이다. 뉴스에서나 보았던 건물주와 세입자의 분쟁은 거의 세입자가 보호받을 수 있는 사례들만 있었기 때문이다.

"언니, 포기하는 게 낫지 않을까? 여기 정리하고 다른 데 가서 다시 시작하면 되잖아. 언니라면 다른데 어디서든 시작해도 잘 할 수 있어. 건너편 횟집도 집주인과 그렇게 싸우더니 결국 가게 빼기로 했다며."

언니는 말을 듣는지 아닌지 창밖만 내다보고 말이 없었다. 평생 가보지 않으면 좋았을 곳, 재판정에 다녀온 언니는 입술이 찢어져 피가 나고 껍질이 하얗게 일어나 있었다. 난생처음 판사 앞에 섰을 때 압박감과 긴장감에 얼마나 힘들었는지는 물어볼 필요도 없었다. 그리고 1심 판결이 났다는 변호사의 연락을 받은 날, 언니는 식당 문을 열지 않았다. 형부와 나는 재판 결과보다 언니가 사라진 것에 더 놀라고 충격을 받았다. 20여 년간 언니는 식당과 한 몸이었고, 식당은 언니의 전부였다. 형부가 사업에 실패해서 가장이 되었을 때도 담대하게 받아들이고 빚을 갚아나갔다. 아들의 오랜 투병에 든 병원비에도 흔들리지 않았고, 유학을 고민하는 아들의 등을 떠민 것도 언니다. 형부도 나도 언니가 갈만한 곳을 알 수 없었다. 언니는 식당 외에 갈 곳이 없었기 때문이다. 식당 안에서만 존재감이 있었고 식당 밖의 세상에서는 서툰 아마추어라고 본인이 말했었다. 그렇다고 앉아서 마냥 기다릴 수도 없어서 여기저기 찾아다녔지만 허탕이었다. 이틀 만에 돌아온 언니는 아무 말 없이 다시 식당 문을 열었다. 그리고 여느 때처럼 열심히 일했다. 달라진 것이 있다면 시간이 날 때마다 변호사와 통화를 하고 수시로 스마트폰을 들여다보는 것이었다. 항고를 결정했기 때문이다. 포기하라는 형부와 나의 말은 한쪽 귀로 흘리고 자신의 판단대로 나아갔다.

2심 재판은 느리게 진행되었다. 법원에서 자료 요청이 몇 번 있었고, 서류를 제출하면 몇 달이 하염없이 흘렀다. 재판 날이 정해졌다는 연락을 받고 나는 퇴근 후 식당으로 갔다. 식당은 지하철역 앞 버스가 다니는 도로 바로 뒷길이다. 우후죽순 생겨난 OO단, OO단 길들과 비슷한 시기에 형성되었다. 차가 다닐 수 없는 좁은 길이었던 식당 앞은 소방도로가 뚫리면서 길이 넓어졌다. 좁은 골목에 마주한 주택들이 전부 헐리거나 반쯤 헐렸고, 그 틈을 강남의 기획부동산이 파고들었다. 주택의 헐려나간 부분을 수리해야 하는 집주인들에게 상가로 세놓으라고 접근한 것이다. 집주인의 입장에서는 반대할 이유가 없었다. 헐려나간 부분을 수리해야 하는데, 세입자가 수리까지 하고 월세도 많이 준다니 말이다. 한집이 시작하자 순식간에 독특한 인테리어를 한 가게들이 생겨났다. 그것이 언니에게 안 좋은 일이 될 거라는 걸 그때는 미처 몰랐다. 언니의 식당은 길이 넓어지자 졸지에 좋은 입지가 되었다. 건물주가 가만있을 리가 없었다. 설령 건물주가 가만있다 해도 부동산업자들이 가만두지 않았을 것이다. 언니도 임대료가 올라가는 걸 받아들일 수밖에 없다고 생각했지만, 건물주는 아예 비워줄 것을 요구했다. 집이 너무 낡아 위험하다는 이유였다.

도로에서 언니 식당까지는 약간의 내리막이다. 식당 간판이 한눈에 들어온다. 좋은 자리임이 틀림없다. 정면으로 보이는 언니의 식당에 이르기까지 양쪽에는 세계 유명 도시의 이름을 딴 카페와 레스토랑이 사람들을 유혹한다. 동네와 잘 어울렸던 언니의 식당 'OO 회관' 간판이 이제는 주위의 간판들과 어울리지 않는다.

2심 재판 날 나는 함께 갔다. 아무 도움이 되지 못하는 걸 알면서도 언니는 오지 말라는 말을 하지 않았다. 법원 내부는 공기조차 싸늘해서 소송과 관련 없는 나도 긴장되어 관자놀이가 쑤셨다. 가방 검사를 해야 했고 물병조차 들고 들어갈 수 없는 곳이었다. 더구나 법정은 천정이 높아 상대적으로 사람들이 왜

소해 보였다. 판사가 앉는 의자는 조금 높은 단 위에 있어서 그 방에 있는 사람들은 올려다보아야 했다. 판사가 들어오자 모두 일어났고 판사가 자리에 앉자 모두 자리에 앉았다. 그 광경이 이상했지만 내 몸은 다른 사람들을 따라 자동으로 일어나고 앉았다. 단상에 앉은 판사의 아래에 변호사가 앉고, 원고와 피고는 방청석 앞자리에 앉았다. 판사가 자료를 확인하고, 변호사가 변론했다. 그리고 정적이 흘렀다. 한참 만에 판사는 원고와 피고에게 말할 기회를 주었다. 언니의 울음 섞인 덜덜 떨리는 음성이 내 귀에 닿아 내 몸도 떨렸다. 잠깐 말을 끊고 언니는 고개를 돌려 나를 보았다. 순간이었지만 언니의 눈에서 흐르는 눈물이 내 눈엔 피눈물로 보였다. 나는 불끈 쥔 주먹을 언니에게 보였다. 다시 판사에게로 고개를 돌린 언니의 침 삼키는 소리와 다급함에 자꾸만 말이 끊기는 공백 때문에 내 등에서도 식은땀이 흘렀다. 인내할 필요가 없는 판사는 더 낼 자료가 있느냐고 묻고, 있으면 내라고 했다. 재판이 끝났다. 일어서려는데 무릎도 어깨도 펴지지 않았다. 우리는 법원 앞 버스정류장에 한참을 앉아 있었다. 천만다행으로 2심에서 승소했다. 연락을 받은 날, 언니는 또 사라졌는데, 하루 만에 돌아왔다. 엄마의 납골묘에 다녀왔다고 했다. 그래서 혹시나 하는 마음으로 나는 지금 납골묘로 가는 중이다.

셔틀버스가 산길을 구불구불 올라가 납골묘 입구에 섰다. 엄마의 자리는 입구에서 멀리 있다. 혹시 언니와 길이 엇갈리지 않을까? 마주치지 않을까? 신경을 쓰며 천천히 올라갔다. 귀에 거슬리는 소음이 없는 적당한 날씨와 적당한 숲을 이룬 나무들, 고통도 슬픔도 녹아든 평안의 장소로 최적지이다. 엄마의 납골함 앞에는 누군가 다녀간 흔적이 없다. 화관을 두른 엄마의 사진이 나를 본다. 언제나 그렇듯 근심 어린 눈으로 묻는다. 왜? 무슨 일 있니? 난 말할 수 없어 사진 속 엄마의 눈을 피해 화관을 만지다가 엄마의 시선과 같은 쪽을 바라본다. 야외 납골묘를 택한 건 엄마의 뜻이었다. 엄마는 매일 무얼 볼까? 도시에서는 하늘을 보기 위해 고개 들 시간도 없는데, 이곳 하늘은 굳이 고개를 들지 않아도 건너편 산의 능선 뒤로 보인다. 항상 답답해했던 엄마의 속은 탁 트인 하늘을 볼 수 있어 시원해졌을까? 아니면 딸들 때문에 아직도 답답할까? 간헐적으로 들리는 새소리는 나를 현실로 데려오지 못했지만 지나가는 청소차가 정신을 차리게 했다. 이곳에 있으리라는 확신을 가지고 온 것은 아니지만 막상 언니가 없자, 어깨에 한기가 든다. 무의식적으로 간절하게 엄마를 부르고 있었다. 엄마, 엄마, 언니를 지켜줘.

'납골묘에 왔는데 언니는 없어요.' 형부의 목소리를 떠올리며 전화대신 톡을 보냈다. 형부에게서는 아무런 연락이 없다.

소송을 그만두라는 사정과 협박이 통하지 않자, 형부는 아예 입을 다물어 버렸다. 동업자 때문에 부도를 맞은 경험이 있는 형부는 그 과정이 어떠할지 이미 알았을 테니까. 판사가 2심 선고를 내리기 전에 조정하겠느냐고 양측에 물었지만, 언니는 거부했다. 2심 재판 결과는 언니의 승소였기 때문에, 이번에는 집주인이 항고해서 결국 소송은 3심, 대법원까지 갔다. 2심 승소로 용기가 생긴 언니는 대법원에서도 이길 거라고 생각하는 것 같았다. 3심 재판은 변호사, 원고, 피고의 참여 없이 그동안 제출했던 서류만으로 진행되었다. 재판은 더디게 진행되면서 이따금 서류를 더 내라는 연락만 왔다. 언니는 안정을 찾고 식당 일에 몰두하면서 지냈다. 이길 것 같아서 여유가 생겼는지 내가 학원에서 어떻게 지내는지 참견을 했다.

"원장하고는 요즘 어떻게 지내냐?"

"뭘 어떻게 지내? 새 원장이 인수하자마자 그만 뒀어야 했는데, 아이고 내 팔자야 하고 있지 뭐."

전임 원장이 학원을 팔아넘길 때 내 의사를 물었지만 망설이던 하루 사이에 새 원장이 바로 출근했다. 그만두겠다고 하자, 전임 원장이 계속 출근할거라고 했는데 무슨 말을 하는 것이냐고 오히려 따지고 들어서 나는 아무 소리 못하고 그냥 다니게 되었다. 다른 직장을 구하는 것도 쉽지 않아서 어쩔 수가 없었다.

"에구, 다들 사는 게 왜 이리 힘드냐."

"젤 만만한 나만 들들 볶는 거지 뭐. 요즘 달라진 건 있네. 우리 학원이 있는 곳이 이제는 학원가가 됐어. 하루가 다르게 학원이 늘어날 때는 좋았거든? 학원을 알아보는 학부모들이 다 몰렸으니까. 그런데 꼭 좋다고만 할 수가 없더라고."

"왜?"

"그게 말야. 학원 차리려는 사람들이 몰려드니까, 건물주들이 재계약을 안 해주는 거야. 이 핑계 저 핑계 대면서. 법이 약자편인 거 같지만 다 빠져나가는 수가 있더라고. 조물주 위에 건물주라고. 요즘 우리 학원 원장은 어떻게 하면 자기도 건물주가 될까 부동산 세미나에 다닌다니까?"

"세미나 간다고 건물주가 되냐? 그럼 난 매일이라도 다니겠다."

원장은 늘 이마에 내천을 그리고 다녔다. 그날 낮에도 왜 이렇게 수강생이 줄어드는 거냐고 물었다. 그걸 몰라서 나한테 묻니? 난 속으로 말하면서 고개도 들지 않았다. 내가 반응이 없자, 왜 대답을 안 해요? 내 말이 우습게 들려요? 아니면 대답할 가치가 없어서 그래요? 펜으로 책상을 탁탁 치며 내 인내심을 테스트했다. 비어있는 내 위장이 빨래 짜듯 꼬이며 통증이 왔다. 경기가 안 좋다고 뉴스마다 떠드는 걸 듣지도 못했는지, 학원생이 줄어드는 원인을 경기 탓보다 직원 탓을 하고 싶은 것 같았다. 월말이 가까이 오면 지난달보다 수강생이 줄어들었다고 늘 인상을 썼다. 처음에는 다른 학원들도 다 마찬가지래요. 라고 했다가 된통 당한 적이 있다. 그걸 말이라고 해요? 내 앞에서 꼭 그렇게 말해야겠어요? 그럼 다른 학원이 망하면 우리 학원도 망해야겠네? 괜히 상대했다가 원장한테 당한 후로 나는 웬만해선 말을 하지 않는다. 다행히도 수강생이 문을 열고 들어왔다. 원장은 언제 화냈냐는 듯 수강생을 향해 상냥하게 인사를 하더니 원장실로 들어갔다. 멀리서 보고 있던 영어 강사가 머리를 흔든다. 나는 해고되길 기다리며 버티고 있다. 실업급여라는 보험을 타기 위해.

"원장도 얼마나 애가 타겠냐?"

"쳇, 언니가 뭘 안다고 그런 소릴 해? 이제 여유가 생겼나 보네? 남 걱정 하는 걸 보니."

단체 손님이 우르르 들어오자, 언니는 벌떡 일어나 큰소리로 인사를 하며 맞았다. 그리고 한 사람 한 사람과 눈을 맞추며 웃음을 날렸다. 이러니 식당은 언니가 없으면 안 되었다. 밑반찬이 깔리고 전골 끓는 냄새, 갈빗살 익는 냄새가 가게 안에 진동한다. 적당한 냄새는 오히려 매상에 도움이 되기 때문에 환풍기도 역시 적당히 돌아간다. 맥주와 소주가 연달아 나가고 위

하여를 외치며 건배가 두 번 세 번 이어진다. 역시 식당 매출은
음식보다 술이다. 언니는 손님들이 대접받는 기분을 느끼도록
일부러 서비스라고 크게 말하며 때깔 좋은 안주를 내어 놓는
다. 그러면 술 주문은 자연히 추가된다. 와자지껄 한바탕 웃음
으로 마무리한 단체 손님이 퇴장하고, 그들이 떠난 탁자는 선
불리 손댈 수 없을 만큼 난장판이다. 소매를 걷어붙인 언니가
커다란 들통을 들고 나타나 음식 찌꺼기를 쏟아내고 그릇을 척
척 담는다. 나는 순식간에 정리가 된 탁자에 소주 스프레이를
뿌리고 닦았다. 단장한 탁자가 새로운 손님 맞을 준비를 마쳤
다. 힘들어도 단체 한 팀을 더 기대했지만, 이번엔 4인 가족이
들어왔다. 가장이 위세 있게 소갈비를 주문하려 하자, 아내는
남편을 흘겨보며 돼지갈비를 주문했다. 딱 4인분을 시켜서 남
편과 아이들이 먹도록 가위와 집게를 들고 조그맣게 잘라 양이
많아 보이도록 쌓았다. 아내는 남편과 아이들 앞으로 고기를
밀어주고 자신은 밑반찬을 계속 추가 주문하며 식사를 끝냈다.
더 시키라는 남편과 배부르지 않느냐는 아내 사이에서 눈치 보
던 아이들도 이미 어떻게 해야 하는지 잘 알고 있는 듯했다. 계
산대에서 카드를 꺼낸 아내이자 엄마는 가장 작았지만 가장 커
보였다.

　우리 엄마도 체구는 작았지만, 언니와 나에게는 큰 존재였

다. 그래서 엄마의 부재가 아쉬웠다. 세상에서 언니를 움직일 수 있는 단 한 사람이기 때문에. 지루한 3심 재판 중에도 언니는 거의 매일 변호사에게 전화와 문자를 했고 변호사는 필요할 때만 전화를 하고 문자를 했다. 언니는 모든 것을 걸고 있었지만 변호사에게는 자신이 맡은 사건 중의 하나일 뿐이다. 법원에서는 잊을만하면 한 번씩 서류를 보완하라고 통보가 왔다. 그때마다 이번 서류만 내면 날짜가 잡히겠지, 희망 고문을 하는 시간이 속절없이 흘렀다. 지치고 지쳐서 재판을 하고 있는 건 맞나 의구심이 들 때쯤 재판 날짜가 잡혔다. 집주인은 대형 로펌에 소송을 맡겼지만, 언니는 변호사가 달랑 2명인 곳에 맡겼다. 성실하다는 소개를 믿었다고 했지만, 성실보다는 수임료가 문제였을 것이다. 자본주의 사회에서 철저하게 돈의 힘 논리에 따라 움직이는 세상의 이치를 과연 성실이 이길 수 있을지 의심해 봐야 했었다. 그토록 기다린 3심 재판은 변호사도 집주인도 언니도 참석하지 않고 그동안 냈던 서류만으로 판결이 났다. 그 결과를 변호사를 통해서 듣는 것으로 긴 고통의 시간이 끝났다. 언니의 패소로.

20년 전에 언니는 권리금을 주고 식당을 인수했다. 그때의 시세로는 결코 적지 않은 금액이었다. 계약서에 권리금에 대해서는 명시하지는 않았지만, 건물주도 암묵적으로 알고 허용한 내용이다. 그러나 건물은 매매가 되었고 주인이 바뀌었다. 식당 앞 길이 넓어지기 전까지는 언니와 새 주인과도 좋은 관계를 유지해 왔다. 언니로서는 큰돈을 들여 식당 외부와 내부를 공사도 했다. 화려하게 인테리어하는 주변의 건물들에 비해 너무 초라해 보일까봐 그러한 노력도 마다하지 않았던 것이다. 그렇기 때문에 쫓겨나는 건 상상할 수 없는 일이었다. 월세를 올려주더라도 임대 기간을 늘려서 계속하기를 원했다. 그러나 건물주는 자신은 권리금에 대해서는 모르는 일이고, 건물이 노후 되어 세입자를 내보내려고 한다는 것이었다. 세입자와 건물주의 주장 사이에서 법원은 건물주의 손을 들어줬다. 아무리 법리적 해석으로는 그렇게 판결한다고 해도, 법에 무지한 나는 우리가 미처 모르는 무엇이 판결에 영향을 미쳤을지도 모른다는 의심과 대형 로펌에 맡기지 않아서 패소했다는 생각을 지울 수 없었다.

판결의 소문은 빠른 속도로 식당에서 멀리 퍼져나갔다. 패소한 것과 음식의 맛은 아무런 상관관계가 없음에도 불구하고 식당을 찾는 손님의 수가 빠르게 줄어들었다. 손님들의 빈자리는 파리 떼가 메우고 실내를 꽉 채웠던 사람과 주방의 소음이 사라지니 낡은 냉장고 소리가 신경을 긁어댔다. 사람의 에너지로 지탱했던 건물의 내부가 비어가자 건물은 빠르게 노화되는 것 같았다. 가게를 비우라는 통지서도 우체부가 가져왔다. 절대 떨어질 수 없는 한 몸 같았던 언니와 가게는 분리되었다. 가게와 분리된 순간, 언니에게 남은 건 빚뿐이었다. 소송 중에 미납한 임대료와 1심에서부터 3심까지의 소송비용 그리고 집주인의 소송비용까지 모두 패소한 언니가 부담해야 하는 몫이었다. 필연적 소멸의 길이, 보이지 않았던 물밑에서 올라와 걷기를 재촉했다. 그러나 언니는 무너지기를 거부하고 다시 일어서려고 애를 썼다. 뜻대로 되지 않았지만.

엄마의 납골묘에서 언니를 만나지 못하고 밤이 늦어서 돌아왔다. 지하철 계단을 올라온 내 발길은 무의식적으로 가게로 향했다. 식당 간판이 한눈에 들어오던 자리에서 걸음을 멈췄다. 잠자는 시간 빼고 늘 환하게 켜져 있던 간판의 불이 꺼져있다. 새로 생긴 가게들의 간판에서 내뿜는 빛에 묻혀서 통째로 사라진 것 같았다. 정말 사라지기라도 했을까봐, 무거운 다리로 식당을 향해 뛰었다. 출입 금지 테이프는 그대로였다.

*

잠이 오지 않아 뒤치락대다가 날이 밝았다. 물 한잔을 마시

78

며 습관적으로 TV를 켰다. 사건 사고 뉴스가 방송되고 있었다. 80대 남자가 브레이크 대신 엑셀을 밟아 차가 약국으로 돌진했다고 했다. 부서진 유리벽에 차가 박혀있었다. 화면이 바뀌었다. 우울증을 앓고 있는 남자가 집에 불을 지르고 자신도 화재로 죽었다는 뉴스였다. 연기가 피어나오는 집에서 소방관이 들것을 들고 나오고 있었다. 다시 화면이 바뀌었다. 늙수레한 택시 기사가 한강 다리에서 인터뷰를 하고 있었다.

"난 잘못 없어요. 차 문을 안 열어줄라고 했지요. 근데 우짤 도리가 없었다니까요. 그 여자, 어찌나 소리를 지르는지 정신이 없더라고. 얼마나 난리를 치던지."

두서없는 운전사의 말을 기자가 정리했다. 50대로 보이는 여자가 택시를 타고 가다가 내려서 반포대교에서 한강으로 뛰어들었습니다. 택시기사의 신고를 받은 경찰은 조금 전에 사체를 찾았다고 합니다.

절대 그럴 리 없다고 중얼거리는데, 내 손에 들린 컵이 흔들리고 있었다.

－『아라문학』 2020년 가을호

톤레삽 호수

흙바닥을 밀치며 툭툭이가 달린다. 바퀴에 밀려 나간 흙은 네 활개를 치며 툭툭이를 따라온다. 툭툭이 안으로 흙먼지가 들어오고 온몸에 달라붙는다. 괴롭기도 하지만 흙냄새가 마냥 싫지만은 않다. 오토바이가 힘을 줄 때마다 모터의 버거운 소리가 내 고막을 사정없이 두드린다. 감히 딴생각은 용납하지 않겠다는 듯. 한참을 달렸지만 호수는 끝이 보이지 않아서 바다 같다. 멀리가보지 못한 중세인들은 바다로 불렀다고 한다. 마침내 선착장에 도착하고 노인네 방귀 소리를 내며 시동이 꺼졌다.

선착장은 배에 타고 내리는 사람들과 늘어선 배들로 늘 어수선하다. 이십 명이 정원인 배의 일인용 귀족 의자에 홀로 앉은 금발의 여인과 패키지여행 온 아시아인들이 가득 찬 배가 나란히 출발하며 묘한 대조를 이룬다. 낯선 나라의 물 위에 홀로 앉아서도 불안하거나 초조해 보이지 않는 여유로움의 근원에 대해 생각하며 한참 바라보았다. 양손에 들고 있는 비닐봉지의 무게가 느껴지고 나는 비로소 현실로 돌아왔다. 배 주인들은 나에게 가벼운 눈인사를 한다. 여행객들을 데리고 올 때는 출발 순서가 정해진 배를 타지만 혼자 올 때는 늘 헬렐레의 배를 탄다. 누군가 "헬렐레" 하고 크게 외치자, 중키에 피부가 가무잡잡한 삼십 대 후반쯤의 사내가 웃는 낯으로 손을 흔든다. 헬렐레다. 그런데 실에 바늘 가듯 붙어 있던 아포가 보이지 않는다. 아포는 어디 있느냐는 내 말에 그는 어깨를 으쓱할 뿐 대답이 없다.

시동이 걸리고 헬렐레의 배는 유유히 선착장을 밀어냈다. 달궈져 있는 공기를 식혀줄 바람이 얼굴을 스쳐 지나간다. 1년 중 가장 좋은 날씨인 건기의 늦은 오후다. 배가 달리는 사이에 해는 조금씩 힘을 잃어 간다. 한낮의 열기로 들떴던 대지의 기운이 쇠하면서 사람들의 말수도 줄어들고 차분하게 가라앉는다. 이때부터 일몰까지의 호수는 중독성이 있다. 관광객을 태운 배들이 일몰을 보기위해 소리를 낮추고 천천히 움직여 호수 가운데로 향한다. 타오르던 해가 호수를 핏빛으로 물들이려고 수평선 가까이로 움직인다. 수평선에 붉은 기운이 서리자 나의 뇌는 비릿한 냄새를 인지한다. 뇌는 피 냄새와 물고기 냄새를 구분하려 애쓰지만 내 기억 속 냄새의 지배를 더 받는 것 같다. 닫히지 않은 자궁에서 쏟아져 나오던 피 냄새가 뇌와 코 사이를 왕래하며 소멸되지 않는다. 울지 말아야지 하는 생각을 하기도 전에 이미 눈물이 흐른다. 수평선에 은은하게 빛나는 길이 생기고 있다. 잠시 후 서쪽 하늘은 단감의 옅은 색과 연시와 짙은 홍시의 빛깔이 농도를 바꾸면서 한 폭의 작품이 된다. 그리고는 선홍색과 검붉은 색으로 절정을 이룬 뒤 점차 옅어지며 해는 자취를 감추고 내 눈물도 말랐다. 카타르시스를 통해 수분이 빠져나간 몸은 보따리를 하나 내려놓은 듯 가볍다. 수평선과 해가 옥신각신하는 사이에 더위도 성큼 물러났다. 시동을 켠 배가 덜덜거리고, 이제 돌아가야 할 시간이다.

헬렐레의 배는 선착장과 다른 방향으로 가고 있다. 멀리 맹그로브 숲이 보이고 그 앞쪽에 있는 수상가옥 마을은 땅 위의 마을 같다. 맹그로브 숲이 마치 동네 뒷산처럼 보이기 때문이다. 가까이 다가가면 낡은 배와 초라한 내부와 마주하게 된다. 그러나 그 안의 사람들은 모두 웃는 낯이다. 물결이 출렁일 때마다 틈 없이 붙어있는 작은 배 한 척, 한 척은 춤을 추듯 함께 움직인다. 배 한 척에 판자를 얽어 세운 엉성한 변소와 줄로 연결된 작은 널빤지 위의 닭장이 보통의 한 가구이다. 배가 다가

가자 아이들이 모습을 드러낸다. 라면과 휴지, 비누, 칫솔과 치약이 들어있는 비닐봉지를 받으며 아이들은 좋아한다. 한 수상가옥 앞에서 아포를 불렀다. 아이들이 나왔지만 아포가 없다. 어디 있느냐고 물어도 서로 눈치만 볼 뿐 말을 하지 않는다.

식당으로 돌아온 시간은 어두워지고도 한참 뒤였다. 미간에 깊이 파인 세로 주름을 세 개나 만들며 삼촌이 쳐다봤다.

"몇 번을 말해야 듣겠냐? 밤늦게 돌아다니지 말라고. 니가 봉변을 당해 봐야 정신을 차리지."

목소리는 작았지만, 화가 많이 난 게 드러난다. 다행히 한 팀의 손님이 식사 중이어서 삼촌은 더 이상 말하지 않았다. 손님이 없었다면 서울로 돌아가라는 마지막 말까지 들어야 하니 꽤 오랜 시간이 걸렸을 텐데 말이다. 얼른 주방으로 들어갔다. 주방은 나에게 가장 편안한 곳이다. 일거리를 애쓰고 찾지 않아도 주문표가 들어오고, 주 메뉴인 한식 요리는 캄보디아인 직원보다 내가 잘 할 수 있다.

젊은 여자가 밤늦게 돌아다니면 좋을 일이 없는 건 어디서나 마찬가지다. 그곳이 씨엔립이든 서울이든. 하지만 씨엔립이 남의 나라이기 때문에 더 염려 되는 건 사실이다. 그러니 삼촌의 걱정은 너무나 당연하다. 내가 씨엔립에 머무르게 된 것도 삼촌 때문이니까. 캄보디아에서 나보다 오래 산 삼촌도 밤에는 되도록 외출하지 않는다. 캄보디아의 치안이 예전에 비해서는 나아진 상태라고 해도 서울만큼 안전하지는 않다. 조직폭력배나 불량배들에게 사고를 당하는 외국인들에 대한 뉴스와 소문도 왕왕 있다. 누군가 캄보디아에 머물기로 결정하면 제일 먼저 듣는 매뉴얼이 조심하고 또 조심하라는 것이다. 그 한마디에는 많은 것이 담겨있다.

동남아시아에서 생산되는 생고무를 수입하던 회사에 다니던 삼촌은 인도네시아에 파견근무를 나갔다가 개인적으로 고무사업을 하기 위해 회사를 그만두었다. 현지에서 사업을 하려면 현지인과 동업을 해야만 가능했다. 삼촌의 현지인 사업파트너는 회사를 차지하고 삼촌을 밀어냈다. 삼촌은 빈털터리가 되어 인도네시아에서 캄보디아까지 밀려났다. 고무사업이 목적이었지만 앙코르왓을 본 순간 생각이 바뀌었다고 한다. 앙코르왓이라는 거대한 유적지가 있는 씨엠립에는 관광객이 끊이지 않는다. 삼촌은 씨엠립에 한국식당을 열었다. 물가와 임금이 싼 캄보디아에서 한국식당은 비교적 고급식당에 속한다. 한국 관광객이 점점 늘어나고 있어서 식당 운영은 나아지는 편이다. 한국인은 캄보디아의 비위생적인 환경에 면역력이 없어서 캄보디아 음식을 먹고 배탈이 나는 경우가 많다. 그래서 한국 관광객들은 가능하면 한국식당을 찾는다. 삼촌이 식당을 차리고 난 후 나는 우연히 삼촌과 통화를 하게 되었다. 워킹홀리데이 비자로 호주에 가서 호텔 메이드 일을 시작으로 몇 나라를 거친 다음 여행용 캐리어를 만드는 한국인 회사에 취업이 되어 베트남에서 머물고 있을 때였다. 계약 기간이 끝나가고 어떻게 할지 결정하지 못하고 있던 참이었다. 삼촌과 통화 후 짐을 싸 캄보디아로 왔다. 캄보디아가 베트남 옆에 있는 나라라는 것 말고 아무것도 몰랐다. 가이드를 하기로 결정하고 역사 공부를 하면서 동남아시아에 대해서 많은 걸 알게 되었다. 캄보디아는 한때 동남아시아를 지배한 거대한 크메르 제국의 역사가 담긴 땅이다. 크메르제국의 영화가 깃들어 있는 앙코르왓 유적은 눈으로 보고서도 믿을 수 없을 만큼 놀라운 규모였다. 30일 입장권을 구입해 한 달 동안 매일 앙코르왓에 오는 사람들도 많다. 영원한 것은 없듯이 베트남 쪽과 태국 쪽으로부터 계속되는 공격으로 전쟁이 끊이지 않았고 제국은 차츰 무너지고 결국 사라졌다. 이후에도 베트남으로부터 늘 침공을 당하고 현재까지도 캄보디아는 베트남의 영향력에서 벗어나지 못하고 있는 실정이라 두 나라 사이는 좋지 않다. 마치 우리나라와 일본처럼.

식당에 있던 마지막 손님이 나가고 주방 직원도 퇴근을 시켰다. 나는 재빨리 빈 그릇들을 치웠다. 그사이 삼촌은 창문을 전부 열고 의자들을 탁자 위로 올리고, 바닥을 구석구석 쓸고 닦은 다음 의자를 내리고 탁자를 닦았다. 그다음엔 선풍기를 틀어 내부를 충분히 환기시키고 비로소 식당 문을 닫아걸었다.
매일 반복되는 일이지만 삼촌은 대충하는 법이 없고 직원에게
시키지도 않는다. 더운 나라이기 때문에 철저한 위생관리가 필
요하긴 하다. 설거지를 마치고 큰 통에 물을 끓여서 식기와 수
저를 담가 소독한 후 꺼내고 끓인 물로 주방 바닥을 쓸어내는
것으로 나의 하루도 끝이 났다. 삼촌은 계산내에서 현금과 카
드 전표를 꺼내 정리 중이고 나는 뒤로 난 쪽문으로 가고 있었
다. 흘리듯 작은 소리였지만 무시할 수 없는 어조로 삼촌이 물
었다.

"아까 낮에 왔던 사람, 누구냐?"

이미 문고리를 잡았지만 내 손은 문을 열지 못하고 멈췄다.

"어제도 와서 너를 찾다가 갔던 사람이지?"

"그냥…… 한국에서 좀 알던 사람이에요."

대수롭지 않은 일을 말하듯 대답하려 했지만 혀가 꼬였다.
삼촌은 더 묻지 않았다. 물어봤자 자세하게 들을 수 없다는 걸
눈치 챈 것이다. 문고리를 잡은 손에 힘을 주어 밀었다. 명치에
걸려있던 숨을 토해내고 허리를 펴자 팔뚝에 소름이 오소소 일
었다. 일 년 내내 긴 팔 옷 입을 일이 없는 씨엔립에서 한기를
느끼기는 처음이다.

낡았어도 불 켜진 옆집은 온기가 느껴지는데 삼촌과 내가 사
는 집은 폐가처럼 보인다. 나무로 된 대문은 칠이 듬성듬성 일

어나 여닫을 때마다 부서져 내린다. 그 정도면 페인트칠을 할 생각을 해야 하는데 두 사람 중 누구도 그런 생각을 하지 않는다. 불을 켜지 않고 양손으로 계단 난간과 벽을 짚어가며 2층으로 올라갔다. 테라스로 나가서 대나무 의자에 기대앉아 야자수 나뭇잎이 흔들어 보내는 바람에 몸을 맡겼다. 한국이 아님을 일깨워주는 순간이다. 그건 다행이기도 하고 슬프기도 했다. 때론 돌아가고 싶어 몸살이 나다가도 불시에 떠오르는 어떤 기억들은 그곳을 생각조차 하고 싶지 않게 만든다.

낮에 식당으로 그가 들어오고, 낯설게 서로를 바라봤다. 나도 변했지만 그 사람에게서도 그때의 앳된 모습은 찾을 수 없었다. 아는 사람 같기도, 아닌 거 같기도 한 애매한 순간이 흐른 후 알아보긴 했다. 그렇다고 인사를 나누거나 말을 건 것은 아니다. 그 광경을 보고 있던 삼촌이 그를 자리에 앉혔고 그는 비빔밥을 시켰다. 나는 그가 주문한 비빔밥을 만들었고 주방에서 나가지 못했다. 안녕히 가시라는 삼촌의 인사말을 듣고서야 주방에서 나갔지만, 그가 앉았던 탁자에는 비빔밥이 거의 그대로 남아 있었다.

하루를 살려면 조금이라도 잠을 자야 했지만 잠은 청할수록 한 걸음씩 멀어지고 대지에 푸르스름한 기운이 퍼지며 새날이 밝아왔다. 1층 현관문이 쉿소리를 내며 열리고 어깨가 구부정한 삼촌의 뒷모습이 보인다. 새벽시장에 가는 시간이다. 식당을 운영하면서 삼촌은 빠르게 늙어가고 있다. 뒷모습이 오늘따라 허허로워 보인다. 그러나 삼촌을 태운 차는 감정을 드러내지 않는 충실한 하인처럼 일정한 속도로 움직였다. 밤새 무슨 일이 있었다 해도 하루의 시작을 미룰 순 없다. 몸을 억지로 일으켜 식당으로 향했다. 삭제 버튼을 눌러 머릿속의 파일 하나를 지우고는 흐르는 물에 쓸려가는 채소를 붙잡고, 또 하나를 삭제하고 나서 도마 위 칼질에 집중한다. 가장 인기 있는 메뉴는 제육볶음이 포함된 쌈밥과 된장찌개가 더불어 나가는 비빔밥이다. 비빔밥에 들어갈 재료를 다듬고 썰어서 볶은 후 각각 담아놓고 양념장을 만들었다. 돼지고기에 밑간을 하고 양파와 파도 썰었다. 제육볶음 재료 준비가 끝날 무렵 삼촌이 돌아오는 소리가 들렸다. 삼촌은 눈을 마주치지 않았다. 개운치 않은 심사를 무언으로 내색하는 것이다. 삼촌의 불편한 기색을 뒤통수로 느끼며 장에서 사 온 재료들을 부지런히 다듬어 점심 장사 준비를 끝냈다. 요즘은 한국 사람 뿐만 아니라 외국인들도 개인적으로 한국음식을 먹으러 오는 사람이 많아지고 있다. 하지만 가이드 일이 예약되어 있어서 나는 오늘 식당일을 할 수 없기 때문에 다른 날보다 꼼꼼하게 준비를 해 놓았다. 우기 때는 관광객이 적어서 힘들어도 건기 때 가이드일도 하고 식당일도 해야 한다. 오늘 맡은 손님들은 패키지 관광객이 아니라 자유여행을 온 사람들이다. 이틀 동안 톤레삽 호수와 앙코르왓을 안내하기로 했었다.

호텔에서 손님을 만나 툭툭이 2대에 나눠 태웠다. 오늘은 일몰이 좋은 톤레삽 호수로 가고 내일은 일출이 멋있는 앙코르왓에 가기로 했다. 손님은 부부인지 연인인지 분명하게 드러나지 않는 두 쌍의 남녀였다. 초보일 때는 섣불리 관계를 특정 짓는 말을 해서 곤욕을 치렀던 적도 있지만 이젠 그러지 않는다. 선착장에서 운 좋게 헬렐레의 배를 탔다. 가이드의 대부분은 남자이고, 안내하는 과정에서 생길 수 있는 문제를 해결하는 데는 남자가 유리할 때가 많다. 그런데도 내가 가이드를 계속할 수 있는 건 헬렐레 덕이 크다. 삼촌의 지인인 그는 본디 성격이 좋은 사람이다. 언제부터 그렇게 불렸는지 알 수 없지만 모두 헬렐레라고 부르고 본인도 싫지 않은 듯하다. 크고 작은 일이 생길 때마다 나서서 해결해주는 고마운 사람이다. 언제나 그러하듯 인상 좋은 표정으로 손을 흔들며 타라고 신호한다. 오늘도 아포는 보이지 않는다. 아포는 흔들리는 배에 타면서 넘어지지 않도록 잡아주고, 손님이 자리에 앉으면 돌아다니면서 어깨를 안마해 준다. 가냘프고 깡마른 어린아이의 손이라고 느낄 수 없을 만큼 잘한다. 양 손바닥을 붙여서 찹찹찹찹 소리를 내며 야무지게 안마를 하기 때문에 손님들은 1달러를 주면서도 흡족해한다.

처음 만났을 때 아포는 여행객을 따라다니면서 대나무 바구니에 담긴 팔찌를 파는 아이였다. 엄마는 도망갔다고 했다. 아포의 아버지는 마약을 일삼는 사람이고, 아포가 벌어 온 돈으로 마약을 한다는 소문도 있다. 캄보디아에서는 아포의 아버지뿐만 아니라 많은 젊은 남자들이 그렇게 산다. 그래서 아포처럼 어린 나이에 돈을 버는 아이들이 많다. 아포가 특별히 눈에 띄는 아이도 아니었는데 나는 유독 아포에게 눈길이 갔다. 팔찌를 파는 아이들은 관광객들에게 물건을 팔기 위해 한국의 종교단체에서 운영하는 한국어 교실에 다닌다. 언니 예뻐요. 아저씨 돈 많아요. 1달러에 일곱 개. 나는 한 개도 못 팔았어요. 사 주세요. 등 나름대로 조합한 문장을 반복해서 말하며 끈질기게 쫓아다닌다. 나는 구걸하는 아이들에게는 돈을 주지 말고 노동을 하는 아이들의 물건은 가능하면 사주라고 관광객들에게 부탁한다. 아포의 빛나는 새까만 눈동자는 하얀 이빨을 드러내며 웃는 입과 조화를 이뤄 귀여웠다. 그러나 입을 일자로 다물고 있을 때 그의 눈은 금방이라도 눈물이 뚝 떨어질 것만 같았다. 또 내 감정에 따라서 아포는 슬퍼 보이기도 하고, 불쌍해 보이기도 했다. 몇 번을 망설이다가 나는 아포를 헬렐레에게 데려갔다. 배에서 일하는 것이 팔찌를 파는 것보다 나을 것은 없지만 왠지 정착시키고 싶었다. 또 아버지로부터 아포를 떼어놓으려는 이유도 있었다. 그러나 아포의 아버지는 돈이 필요할 때마다 아포를 데려갔다. 가끔 아포가 사라졌다가 돌아왔을 때 그의 몸에는 상처가 나 있었는데도 아포는 아버지가 오면 순순히 따라갔다. 그리고 반드시 돌아왔다. 아포가 배에서 일을 하고 수상 가옥에 살면서 아버지에게 끌려가는 일이 줄어 다행이다 싶었는데 그것도 잠깐이었다. 몇 달 전 며칠 동안 보이지 않던 아포는 눈 주위가 새까맣게 멍이 든 채 상처 난 맨발로 돌아왔다. 무슨 일이 있었는지 물어도 말하지 않았다. 아포를 식당으로 데려가고 싶었지만, 그 아이는 거절했다. 자신을 버린 어머니보다 그래도 데리러 오는 아버지가 있는 것이 좋다고 했다. 뒤통수를 얻어맞은 것처럼 머리가 띵했다. 나는 미처 몰랐었다.

아포가 없으니 배에서 웃음소리가 나지 않았다. 가녀린 두 손을 맞대고 일부러 더 크게 찹찹찹찹 소리를 내며 어깨를 두드리는 아포에게 관광객들은 엄지를 세우고 즐거워했다. 그러면 아포는 신이 나서 더 날렵하게 움직였다. 아포가 없으니 안마시간을 대신해서 오늘은 톤레삽 호수 수상 가옥의 유래에 대해 관광객에게 길게 설명했다.

"톤레삽 호수는 동남아시아 최대의 호수입니다. 우기에는 호수의 면적이 지금의 네 배로 늘어나 주변의 숲과 농지를 다

삼켜버리고, 건기가 되면 물이 줄어들어 가장자리 일부는 농지가 됩니다. 수상마을의 시작은 전쟁 때문이었습니다. 베트남 전쟁이 끝나고 보트피플이 되어 갈 곳 없는 난민의 일부가 톤레삽 호수까지 흘러들어 정착하게 된 것이지요. 그런데 국적이 베트남이기 때문에 캄보디아 정부는 육지에 올라오는 것을 허락하지 않았다고 합니다. 그래서 할 수 없이 배에서 살기 시작했다는데 지금은 이렇게 큰 수상마을이 된 거지요. 물 위지만 필요한 건 다 있습니다. 학교 배, 슈퍼 마켓 배, 교회 배, 절 배 등 없는 것 빼고 다 있지요. 물이 무척 더러워 보이지만 이곳 사람들은 먹는 물로만 사용하지 않을 뿐, 호수물로 몸도 씻고 빨래도 합니다. 호수가 워낙 넓고 맹그로브가 정화작용을 해주고 있기 때문이랍니다. 이곳에 사는 사람들에게 맹그로브 숲은 정말 고마운 존재이지요."

울창한 맹그로브 숲 입구에 도착했다. 호수 바닥에 뿌리를 내린 맹그로브나무는 물속에서 썩지 않고 잘 자라는 수종이다. 헬렐레의 배에서 바지선으로 내려 다시 쪽배로 갈아탔다. 구명조끼를 입히고 폭이 좁은 쪽배 한 척에 두 사람씩 나누어 태웠다. 사공은 관광객에게 꽃 화환을 씌워주고 맹그로브 숲속의 신기한 부분을 가리키며 안내한다. 그러면서도 이리저리 엉켜 있는 맹그로브 나무와 나무사이를 부딪치지 않고 노련하게 노를 저어나간다. 아포가 나눠주던 라면을 내가 관광객들에게 나뉘주었다. 수상가옥을 돌아보는 답례로 그곳에 사는 사람들에게 관광객 일 인당 5개의 라면을 전달하고 있다. 반시간 가까이 흐르고 울창한 맹그로브나무 숲을 빠져나가면 수상 마을이 보인다. 쪽배가 나타나자 아이들이 고무다라를 타고 다가왔다. 그 옆으로는 오물들이 떠다녔지만 아이들은 개의치 않는다. 아포가 사는 배를 지나면서 아포를 불렀지만 아포대신 다른 아이들이 나와서 라면을 받았다. 아포가 이곳에 살면서부터 나는 관광객들에게 먹고 남은 즉석식품과 호텔에서 사용하고 남은 휴지, 치약, 칫솔, 비누 등을 가져다 달라고 부탁했다. 배에 사는 아이들에게 나눠주기 위해서이고, 그건 불법이 아니라는 말도 덧붙였다. 관광객들이 여행을 마치는 날이면 호텔 로비에는 두툼한 물품 봉지가 생겼다. 나는 물건이 모이면 수상마을의 아이들을 찾아간다. 그 아이들보다 내가 나아서가 아니었다. 오히려 그 아이들이 훨씬 평안한 삶을 살고 있는지도 모를 일이다. 부유하는 나보다는.

식당은 이미 문이 닫혀있고 삼촌이 사는 1층에서 불빛이 흘러나왔다. 낡은 현관문은 도저히 몰래 들어갈 수 없다. 여닫을 때마다 쇳소리가 났기 때문이다. 까치발을 하고 계단에 발을 올리는 순간 삼촌이 부르는 소리가 들렸다. 고개만 돌린 채 움직이지 않았다. 잠시 정적이 흐르고 그냥 올라가려는 순간 삼촌은 다시 불렀다. 삼촌이 왜 혼자 사는지 내가 묻지 않듯이 삼촌도 내가 왜 결혼 생각을 하지 않는지 무슨 일이 있었던 건지 묻지 않는다. 그런데 어제 낯선 남자의 방문이 삼촌은 신경 쓰이는 것 같다. 마지못해 다가가자 봉투를 내밀었다. 아무것도 쓰여 있지 않은 밀봉된 편지 봉투였다.

"어제 왔던 그 사람이 주고 갔다. 누구냐고, 너하고 어떻게 아는 사이냐고 물어도 말을 안 하고. 밥 먹고 가라고해도, 인사만 하고 그냥 가더라."

봉투만 받고 돌아서자, 삼촌은 오늘 떠난다고 하더라며 한숨을 깊게 내쉬었다. 어젯밤 한숨도 자지 못했는데, 오늘도 잠을 자기는 틀렸다. 그가 식당에 들어섰을 때 바로 알아보지 못했다. 잠깐이었지만 기쁨을 나누고 슬픔과 절망의 순간을 함께했던 시간이 사실이지만, 그 감정들은 메마르고 빛이 바래 들추기 싫은 옛날 책과 같다. 다시 만날 거라고 전혀 예상하지 못했다. 낯설었지만, 초면이라고 우길 수 없는 건 둘 사이에 흐르는 기류 때문이었다. 기억이 그랬다. 토막토막 잘려나가 연결도 불가능 했다. 의식적인 망각의 효과인지, 그와 연결된 기억의 부분은 영구삭제 버튼을 눌러 뇌에서 삭제된 것 같기도 하고, 부분 망각된 것 같기도 했다.

분명하게 각인되어 있는 건 아이를 낳기 위해 혼자 죽음과 사투를 벌이고 있었던 순간이다. 죽을 것처럼 숨이 턱까지 치받히고 뱃속이 뒤집어지고 몸이 뒤틀리는 통증으로 몇 번이나 정신을 잃었다가 깨어나기를 반복했다. 온몸이 땀과 눈물로 범벅이 되는 와중에도 소리를 지를 수 없는 처지만큼은 잊지 않아서 수건을 입에 물고 있었다. 그때까지는 분명히 혼자였다. 정신이 또 혼미해졌을 때 누군가의 목소리가 들렸다. 떨고 있는지 말을 길게 잇지 못했고 이빨이 부딪치는 소리가 났다. 무서웠을 것이다. 나만큼이나. 아이가 생길 걸 알았을 때 우리는 최악의 상태였다. 나는 등록금을 마련하지 못해 휴학 한 상태였고, 그도 경제적인 사정으로 휴학을 하고 입대를 신청한 상황이었다. 더 기가 막힌 건 이미 유산을 시킬 수 없을 만큼 아이가 자라있었다. 배 속에 아이가 생긴 것도 모를 정도로 무지한 두 사람이었다. 변명이라면 엄마가 없어서였다. 엄마만 있었다면 몸에 생긴 변화를 알아챌 수도 있었을 것이고, 물어볼 수도 있었을 것이다. 임신 사실을 듣고부터 나를 피하기 시작한 그를 원망하지도 않았다. 더 비참할 뿐이었으니까. 이러지도 저러지도 못하는 사이에 아이는 세상에 나올 때가 가까워져 왔다. 얼마큼 아파야 아이가 나오는지, 반드시 병원에 가서 낳아야 하는지, 물어볼 사람도, 가르쳐주는 사람도 없었다. 갑자기 배가 아프기 시작했고, 오줌인지 물인지 모를 액체가 흐르고 피가 쏟아져 나왔다. 무얼 생각할 겨를도 없이 몸이 뒤틀릴 때마다 피가 쏟아졌다. 극한의 상황이 되자 오히려 마음은 가라앉았다. 그래, 이렇게 같이 죽으면 되는 거지. 잘됐다. 둘 중 한 사람만 살아나면 더 불행한 거야. 아이가 살고 내가 죽으면 아이는 나처럼 엄마 없는 아이로 살아야 할 테니까 말이다. 아이가 죽고 내가 살아도 이미 의미 없는 삶이 될 것 같았다. 불러오는 배를 부여잡고 고민하던 수많은 밤이 지나고 마지막 날이 되니 한순간 최선의 방법이 찾아왔다. 결정이 내려지자 쏟아지는 피 따위는 무섭지 않았다. 진동하는 피비린내 속에서 점점 정신이 몽롱해져 왔다. 그때쯤 그가 온 것 같다. 나를 잡은 그의 손이 덜덜 떨리던 느낌을 끝으로 기억이 끊어졌다. 아이를 어떻게 낳았는지, 낳기는 했는지 알 수 없었다. 구급차의 사이렌 소리에 청력만 잠시 돌아왔다가 다시 눈을 떴을 때는 이미 5일이 지나 있었다. 그도 입대한 뒤였다. 내가 집으로 돌아왔을 때 장판의 색깔을 알아볼 수 없을 정도로 뒤덮은 핏자국이 무슨 일이 있었는지 알려주는 증거일 뿐 그 외에는 아무것도 없었다. 말라버린 핏자국 위에 엎어져서 다시 정신을 차리고 일어나기까지 여러 날이 걸렸다. 꿈을 꾼 것 같았다. 불룩했던 배는 꺼졌고 내가 임산부였다는 증거가 없었다. 정말 꿈이었나, 꿈이길 바랐다. 꿈이라고 생각하고 믿고 싶었다. 증거가 될 아이도 없었으니까. 비릿한 피 냄새가 점차 사라지고 피딱지가 부슬부슬 일어나 벗겨질 때까지 나는 방에서 나가지 않았다.

할 일도, 하고 싶은 일도, 오라는 데도, 가야 할 곳도 없었다. 며칠이나 지났는지 알 수 없는 어느 날, 문자가 왔다. '미안해…… 미안해…… 훈련소 끝…… 부대배치중…… 베이비박스…… 용서해……' 꿈을 꾼 게 아니었다. 가장 좋은 결과인 아이와 내가 죽는다는 것에서 가장 나쁜 결과인 둘 다 살아난 것이다. 배를 만져보았다. 배는 이미 가라앉아서 뱃가죽이 잡혔다. 눈물도 나지 않았다. 몸의 수분이 다 빠져나가듯 푸석거렸다. 기어서 밖으로 나가 걸음을 떼 보았다. 몸이 휘청거렸다. 기어서 들어와 또 며칠이 지났다. 그리고 다시 밖으로 나갔다. 누워서 단어만 나열된 문자를 계속 되씹어 떠올렸다. 베이비박스가 단서였다. 잡을 수 있는 것을 이용해서 최대한 천천히 걸었다. 화장품 가게의 거울에 내 모습이 비쳤다. 경극 배우로 분장한 듯 백지 같은 얼굴이었다. 얼굴을 지탱하는 목은 금방이라도 부러질 것처럼 보였다. 어떻게 베이비박스까지 갔는지 기억나지 않는다. 엎드려 손으로 계단을 짚고 올라가서 벽을 붙잡고 몇 걸음 걸어가자 베이비박스라고 쓰여 있었다. 마치 관을 넣는 곳 같았다. 손잡이를 잡은 후부터 기억이 없다. 그곳에 쓰러져 있었다고 목사님이 말했다. 그곳에 내가 찾는 아기에 대한 기록은 없었다. 어쩌면 다른 곳일지도 모른다. 하지만 나는 내가 낳은 아기에 대해 알고 있는 게 너무도 적었다. 베이비박스에 온 대부분의 아기는 경찰이 데려가서 기관을 거쳐 입양된다고 했다.

다시 생각해보아도 그때 나는 한국을 떠날 수밖에 없었다.

　가벼운 봉투였다. 그의 이름이 뭐였는지 기억을 더듬어 보았다. 성은 생각이 나는데 이름의 끝자리가 끝까지 생각나지 않았다. 훈, 호, 형, 혁… 무엇이면 무슨 상관일까, 지나간 일일 뿐이었다. 열쇠를 꽂아 2층 문을 열고 열쇠와 함께 봉투를 가방에 넣었다. 날이 밝으면 헬렐레를 졸라서 아포를 찾으러 가야겠다는 생각만 명확했다. 한국에서 몇 년간 일했던 헬렐레는 한국말을 할 줄 알았다. 삼촌이 씨엔립에서 식당을 열 때 알게 되었다고 하는데, 근처에서 장사 하던 그는 삼촌이 정착하는데 많은 도움을 주었다고 했다. 지금도 삼촌과 나는 도움이 필요할 때마다 헬렐레를 찾는다. 헬렐레는 한국에서 여러 공장을 전전하며 많이 힘들었는데, 마지막 다닌 공장에서 같이 일하는 한국 사람의 도움으로 한국 생활을 버틸 수 있었다고 했다. 날이 밝자 나는 헬렐레를 찾아갔다. 그는 고개를 저었다.

　"이곳은 한국이 아니라 캄보디아야. 아포 아버지가 데리고 갔으면 니가 데려올 수 없어."

　"억지로 데려오지 않고 괜찮은지 보고만 올게요."

　헬렐레는 이곳저곳으로 전화를 걸었다. 정확하진 않지만, 어제 아포의 아버지를 보았다는 사람이 알려준 주소를 적어 주었다. 너무 기대하지는 말고 조심하라고, 위험해 보이면 그냥 돌아오라고 충고했다. 툭툭이는 흙먼지를 날리며 달렸다. 늦지 않게 갈 수만 있다면 흙먼지 따위는 괜찮았다. 모든 일에는 유효 시간이 있어서, 그 시간 내에 도착하고 싶었다. 그 아이를 찾을 수 있다는 희망의 시간이 지나버리기 전에 가야 했고, 아포의 희망이 꺾여버리기 전에 도착하고 싶었다. 희망을 꿈꾸는 것조차 포기할까 봐. 벌써 햇살이 뜨겁기 시작했다. 콧잔등에 땀이 맺히고 손바닥에도 땀이 찼다. 툭툭이 주인은 길가에 툭툭이를 세우고 손가락으로 골목을 가리켰다. 진흙탕 길을 걸어 골목으로 들어갔다. 판자로 헐렁하게 벽을 세운 집들은 굳이 들여다 볼 필요도 없었다. 무슨 말인지 알아들을 수 없었지만, 엄마의 잔소리 같은 목소리도 아이들의 칭얼거리는 소리도 흘러나왔다. 낯선 여자가 지나가자 아이들이 고개를 내밀었다. 아포? 아포? 하자 고개를 가로저었다. 집마다 어린 여러 명의 아이가 복작거렸다. 그들은 거의 맨발에 바싹 마른 몸이다. 눈빛만 날카로운 그들의 아버지로 보이는 남자가 웃통을 벗은 채 들여다보는 낯선 여자를 향해 소리를 질렀다. 욕일 테지만 알아듣지 못해 다행이었다. 등짝이 다 젖도록 돌아다녔지만 아포를 찾지 못했다. 휴대폰이 울렸다. 이미 여러 통의 부재중 전화가 찍혀있었다. 삼촌은 나를 나는 아포를 찾고 있었나 보다. 통화버튼을 누르자, 삼촌의 고함이 휴대폰을 뚫고 나왔다.

주방에는 주문표가 쌓여 있어서 점심 장사가 끝날 때까지는 다른 생각은 할 여유가 없었다. 점심시간이 지나자 손님이 뜸해졌다. 설거지를 하고 뒷정리까지 끝냈다. 삼촌은 지쳤는지 아니면 포기했는지 쳐다보지도 않고 말도 하지 않았다. 문고리에 걸어둔 가방을 들고 뒷문으로 나가 툭툭이를 타고 톤레삽으로 달렸다. 호숫가에는 여전히 관광객들과 그들을 따라다니며 물건을 팔려는 아이들로 붐볐다. 선착장으로 내려가지 않고 손님들을 태우고 나가는 배들과 돌아오는 배들을 보았다. 배들은 내 눈동자를 스쳐 지나갔을 뿐이고 정작 내 눈은 다른 생각에 빠져 있었다. 헬렐레 배의 깃발이 계속해서 나에게 손짓을 해도 몰랐다. 아포를 찾지 못한 것에만 빠져 있었던 것 같다. 마음이 무거웠다. 내가 정신을 차리고 헬렐레의 배를 보았을 때 배와 선착장 사이에 오차 없이 널빤지가 놓이고 있었다. 아포였다. 그렇게 재빠르게 움직이는 건 아포뿐이었으니까. 마지막 손님의 손까지 잡아 내려주고 나서 아포는 톤레삽 호수에 풍덩 빠져들었다. 물은 맑지도 탁해지지도 않고 늘 그대로다. 머리까지 잠겼던 아포가 물 위로 드러났다. 내가 다가가자 아포는 하얀 이를 다 드러내며 웃는다. 찢어진 상처의 피는 호수 물에다 닦여 나갔나 보다.

헬렐레의 배가 톤레삽 호수 한가운데로 나아간다. 아포는 양

102

손으로 비닐을 야무지게 쥐고 얼음과자를 빨아 먹는 것에 열중이다. 얼음과자 하나로 만족하는 해맑은 얼굴을 보는 것으로 나도 안도가 된다. 호수 물이 배 안으로 튀어 들어와 선글라스를 꺼내려 가방에 손을 넣었는데 어제 삼촌에게서 받은 봉투가 딸려 나왔다. 망설이다 조심스럽게 찢었다. 채 눈을 뜨지 못한 아기 사진과 마주쳤다. 눈앞이 심하게 일렁였다. 바로 그때, 호수 물이 배에 부딪혀 내 얼굴에 물세례를 주었고, 사진에 딸려 나온 물에 젖은 한 장의 편지는 바닥으로 떨어졌다.

-『한국소설』 2019년 5월호

건널목

*

택시가 우측으로 돌았다. 낡고 긴 회색 담을 따라 걷는 것보
다 조금 빠르게 움직였다. 출퇴근 시간도 번잡한 도심도 아니
었다. 그건 주변의 풍경을 보면 알 수 있었다. 택시는 속도를
높이지 못하고 앞차의 꽁무니를 겨우겨우 따라갔다. 그 덕분
에 차창 밖 풍경을 사진 찍듯 하나하나 눈에 담았다. 비슷한 간
판의 김밥가게들, 김밥천국, 김밥나라, 김밥동네. 집에서 김밥
한 줄 만들어 먹을 여유 없이 바쁘게 돌아가는 현실을 가늠할
수 있었다. 임대를 붙인 빈 가게도 한 둘이 아니었다. 택시 전
면 유리너머로는 아름드리 플라타너스들이 보였다. 빠른 녹지
조성이 필요했던 시절에는 아무데서나 잘 자라는 플라타너스

를 가로수로 심었었다. 자신이 그런 걸 알고 있다는 사실에 시월은 고개를 갸울였다. 속도가 붙는가 싶더니 택시기사는 이내 브레이크를 몇 번에 나눠 밟았다. 시월의 위장이 덜컹거렸다.

"왜 이렇게 막혀요?"

허리를 세우고 한손으로 어깨를 주무르며 명숙이 기사에게 물었다.

"건널목 앞이라 그런가? 왜 이렇게 막히지? 건널목만 건너면 병원까지 금방인데."

좀처럼 정체가 풀리지 않고 가다 서다를 반복하자 기사는 창문을 내리고 몸을 반쯤 일으켜 창밖을 살폈다. 조금 전부터 들리던 댕댕거리던 소리가 창문을 열자 땡땡으로 바뀌며 가까이 들렸다. 사고가 났나보네. 기사는 대수롭지 않게 내뱉고는 포기한 듯 등받이에 몸을 기댔다. 조금씩이라도 움직이던 차들은 아예 멈춰 버렸다. 택시미터기만 제 할일을 충실히 하고 있었다.

시월의 얼굴이 점점 창백해지고 식은땀까지 흘렀다. 엔진의 미세한 움직임과 매연이 섞인 탁한 공기 때문이었다. 오른손으로 입을 틀어막고 있던 시월의 어깨가 몇 번 들썩였다. 차문을 열기위해 오른손을 왼손으로 바꾸는 찰라 우욱 소리와 함께 시월은 속을 게워냈다. 토사물 특유의 불쾌한 냄새가 택시 내부를 감싸고, 시월과 명숙은 당황해서 어찌할 줄 몰라 했다. 게워낸 토사물을 손으로 틀어막았지만 시트에까지 쏟아져 내렸다.

시월이 쩔쩔매다가 차 밖으로 나갔다. 명숙은 맨손으로 토사물을 쓸어 담고, 두르고 있던 스카프를 풀어서 시트를 닦았다. 고약한 냄새는 그 정도로 사라지지 않고 흔적도 지워지지 않는다. 기사는 재수 없는 날이라는 말만 반복하다가 차에서 내려 문 4개를 전부 열었다. 이마에 내천 자를 그린 운전기사의 얼굴에는 짜증이 닥지닥지 붙었다. 따라 내린 명숙은 기사가 재수 없다고 할 때마다 죄송합니다를 반복하며 머리를 조아렸다. 결국 지갑에 들어있는 현금을 집히는 대로 꺼내 기사에게 건네는 것으로 마무리되었다. 세차하기에 넉넉한 금액인지 택시기사는 네 개의 창문을 다 열고 겨우겨우 차를 비틀어 비상등을 켜고 가버렸다. 택시가 멀어지자 '사람도 공기도 다 더러운 서울… 싫다. 장례식만 마치면 곧장 가야지.' 명숙은 혼잣말을 중얼거렸다. 시월은 전봇대에 머리를 박고 쭈그리고 앉아 있었다.

땡땡땡땡…
같은 높이, 같은 간격의 경고음이 멈출 줄 모르고 계속 울리고 있었다. 멈추지 않는 땡땡거리는 소리는 사람들의 귀에 불안해 불안해로 들린다. 철도 건널목의 차단기가 내려가면서 울리기 시작하는 소리는 차단기가 올라가면서 그쳐야 한다. 그런데 그렇지 않은 것은 항상 불안한 이유가 수반될 때뿐이었다.

날카롭고 불규칙한 호루라기 소리까지 더해졌다. 사람들이 모여들어 웅성거리고, 건널목 양쪽의 차들은 꼼짝도 못하고 줄을 지었다. 고개를 든 시월이 엉거주춤 일어나 웅성거리는 사람들 쪽으로 갔다. 어머나, 세상에. 어떡해. 또야? 선로에서 사고난 지 얼마 되지도 않았는데, 또 사고냐? 이사를 가던가 해야지 못 살겠다. 그러게 말이야. 아파트 값 또 떨어지게 생겼네. 뉴타운 공사할 때 지하차도를 만들 것이지. 요즘 세상에 이런 건널목이 서울에 어디 있어? 맞아요. 건널목 없애고 지하차도 만들고 스크린도어 설치해야한다고 그렇게 말해도 안 들으니. 아니 왜 이 역에만 설치를 안 하는 거지? 다른 역에는 다 했던데. 지난주에 구청장 만나봤어요? 뭐래요? 또 핑계만 대지 뭐. 다 같이 구청에 다시 쫓아가든지, 탄원서를 내든 해 봐요. 근데 이번엔 또 누구야? 젊은 애야? 아님 노인네야? 에잇! 왜 하필 우리 동네야. 어머, 젊은 앤가 봐. 에그, 안됐어라. 불쌍해. 아무리 힘들어도 그렇지. 어째 목숨을 그리…… 오죽하면 그랬을까마는. 쯧쯧. 사람들은 저마다 한마디씩 하며 혀를 찼다. 길가 건물에 길게 늘어진 현수막이 펄럭였다.

"지하차도, 스크린도어 설치하여 좋은 동네 만들자!"

앰뷸런스가 사이렌을 울리고 경광등을 번쩍이며 나타났다. 요란한 소리의 파장이 퍼져나가는 것과 반대로 사람들이 모여들었다. 들것을 든 119구급대원들이 달려갔다. 시월의 몸이 휘청하면서 두 팔이 머리를 감쌌다. 언제 보았는지 붕어빵 파는 노인이 시월의 팔을 잡아 플라스틱 의자에 앉혔다. 잠시 후 구급대원들이 들것을 들고 뛰어나왔다. 앰뷸런스의 문이 열리는 사이 잠깐 멈추어 있던 들것에서 핏빛 점들이 뚝뚝 떨어졌다. 떨어진 핏방울들이 바닥에 맺혔다가 스며들면서 피 냄새가 났다. 의자에서 일어나 다가가던 시월이 주저앉으며 정신을 잃었다.

*

이눔아, 이눔아. 왜 그랬냐? 왜 그랬어. 어떻게 그런 맘을 먹었니.⋯나는 어떻게 살라고. 모질기도 하지. 이눔아, 살면 또 어떻게든 살게 될텐데. 뭐가 그리 급했냐. 왜 그렇게 서둘러 가?⋯매정한 것아. 너 보내고 나는 어떻게 사니. 나도 데려 가라. 나도 데려가. 크지는 않았지만 토해내는 오열이 듣는 이의 폐부를 찔러댔다. 시월이 눈을 떴다. 울음소리만으로도 누군가의 어머니라는 걸 직감할 수 있었다. 시월이 누워있는 침대에서 대각선으로 끝에 있는 침대에서 나는 소리였다. 시월이 눈을 뜨자 간호사가 다가와 괜찮은가 물었다. 조금 남은 링거의 양을 확인하고 혈압과 체온을 쟀다. 시월이 침대를 바라보는 걸 눈치 챘는지, 전날 건널목에서 시월과 함께 실려 온 환자인데 방금 사망했다고 사무적인 톤으로 전했다. 시월은 피 냄새가 떠올랐다. 방금 죽었다는 남자는 몸부림과 오열 사이사이 쏟아내는 원망과 안타까움을 듣고 있을까? 청각의 기능은 죽은 후에도 몇 시간정도 남아 있다고 하니까 듣고 있겠지. 저승길이 외롭지는 않겠네. 시월이 그런 생각을 하는 사이, 안치실로 데려가기 위해 남자직원들이 들어왔다. 엄마라 하기엔 늙었고 할머니라 하기엔 젊은 여자가 침대 난간을 놓지 못한 채 울면서 끌려가듯 따라 나갔다.

오래전 그날, 시월이 눈을 떴을 때 방금 병실을 나간 무빙침대와 비슷한 철제 난간이 있는 좁은 침대에 누워있었다. 사람의 기척조차 없는 너무도 조용한 곳이었다. 하얀색 벽에 둘러싸인 사각형 실내는 병실인 듯하면서도 딱히 그런 것 같지도 않았다. 왜 그곳에 누워있는지 도무지 알 수 없었다. 무언가를 생각해 내려 애써볼수록 뇌가 조여들었다. 깨끗하게 청소된 머릿속에서 작은 바늘 같은 것이 떠다니며 뇌를 콕콕 찔러대는 것처럼 아팠다. 통증 때문에 최대한 머리를 움직이지 않고 가만히 누워 있었다. 손가락이라도 움직여볼까 했지만 시월은 참았다. 어쩌면 몸이 움직여지지 않는 상태일지도 모른다는 생각을 했기 때문이다. 딸칵 소리와 함께 문이 열리고 누군가 들어왔다. 시월은 무의식적으로 눈을 감았다. 물수건이 시월의 얼굴에 닿았다. 익숙한 손길로 머리카락을 정리하고 이마부터 닦아내려갔다. 참지 못하고 인상을 찡그리면서 시월이 눈을 뜨자, 명숙의 눈과 마주쳤다. 명숙이 놀라 물수건을 떨어뜨렸다. 그 상태로 얼마의 시간이 지났을까, 명숙이 시월의 손을 잡았다. 그때 명숙의 표정은 세월이 지나도 시월에게 잊히지 않았다. 기쁜 건지 슬픈 건지 놀란 건지 종잡을 수 없는 표정으로 한참동안 시월의 얼굴을 마주했었다. 울지는 않았지만 그렇다고 안 우는 거라고 할 수도 없는 그런 눈이었다. 시월은 괜찮다, 괜찮아 두 마디를 들었다. 울음 속에 섞인 말인지, 말속에 섞인 울음이었는지 분간이 되지 않았지만. 정신을 차린 명숙이 나가고 나이든 남자가 들어왔다. 보건소장이라고 했다. 달리는 기차에서 뛰어내렸다고, 천만다행으로 구출되었다고 말하며 소장은 이것저것 물어보았는데 시월은 다시 깊은 잠속으로 빠져드는 바람에 질문을 다 듣지도 못했다. 하지만 들었다고 해도 소용없는 일이었다. 시월은 말을 하지 못했고, 지난 일을 기억해 내지 못했기 때문이다. 마치 그때 다시 태어난 것처럼. 다시 잠에서 깨어난 뒤에도 1년 가까이 시월은 환자용 침대 생활을 해야했다. 몸이 낫기 위해서는 먼저 나으려는 의지가 뒷받침 되어야하는데 시월에게는 도무지 의지가 보이지 않았다. 명숙은 시월에게 살갑게 대하지는 않지만 정성을 다해서 보살폈다. 병상에 오래 누워있었던 사람에게 나타나는 근육 손실로 시월의 몸은 걷는 것조차 힘에 부치는 상태였다. 간호조무사인 명숙이 재활운동에 대해 공부를 해가며 시월의 재활치료를 위해 애썼다. 매일 오전, 오후 2시간씩 정확한 시간에 땀을 흘려가면서. 재활치료사가 하는 것처럼 자신의 몸을 시월의 몸에 밀착시켜 두 손으로 경직을 풀어주고, 시월이 걸음을 뗄 수 있도록 뒤에서 온 힘을 다해 시월의 몸을 받쳤다. 치료가 끝날 때마다 명숙은 과도한 체력소모로 기진맥진 했다. 여느 의료종사자가 환자를 대하는 태도와는 사뭇 달랐다. 그렇게 열심을 보이던 명숙은 시월이 스스로 걸을 만큼 회복된 후로는 오히려 일정한 거리를 두고 지켜보기만 했다. 왜 그런지를 아는 보건소장은 가타부타 말이 없었다. 명숙이 하나밖에 없는 이들을 사고로 잃고 그 일로 인해서 이혼까지 하고 보건소로 왔기 때문이었다. 때로는 보듬으려할수록 서로에게 상처만 입히는 경우도 왕왕 있다. 서로를 강하게 이어준 아이라는 끈이 끊어지자 명숙과 남편은 서로에게 다가가는데 실패했다. 그 후 명숙은 과거에서 빠져나오지 못하고 그 시간을 살고 있었다.

*

달리던 기차에서 강으로 투신한 여자가 구조되어 보건소로 실려왔다. 스물 남짓으로 보이는 여자였다. 명숙이 아들의 사고 소식을 듣고 병원으로 갔을 때 아들은 이미 죽어있었다. 어찌해볼 도리도 없이. 그처럼 허망하고 난감한 일이 있을까. 뭐라도 해봐야 할 때, 무엇이라도 할 마음이 있는데 아무 것도 할 필요가 없는 순간 말이다. 그런데 죽은 것 같았던 여자는 죽지 않고 링거줄에 생을 걸고 하루하루를 버텼다. 명숙은 24시간을 매달려 있었다. 좀 쉬라는 보건소장에게 자리를 비운사이 여자가 생의 끈을 놓아버릴 것만 같아서 그런다고 말했다. 시간이 흐르고 보건소장도 차츰 희망을 놓을 무렵, 명숙만이 포기하지 않고 버텼다. 매일 아침 아직은 따뜻한 여자의 손이 포기하지 않는 이유가 되었을 것이다. 그러던 어느 날 기적같이 여자가 눈을 떴다. 그런데 여자는 말을 하지 못했다. 처음부터 벙어리인지 충격으로 실어증이 된 건지 알 수 없었다. 더구나 기억하는 것도 없었다. 그래서 명숙은 시월이라고 불렀다. 그때가 시월이었다.

명숙은 빠진 것이 없는지 가방 안을 들여다보았다. 모친의 부고소식을 소장에게 전하며 이미 마음으로 준비하고 있던 터라 담담하다면서 휴가를 신청했다. 뇌출혈로 쓰러진후 회복하지 못하고 요양병원에 입원한지 1년이 지났기 때문이다. 쓰러지기 전에는 가끔 전화통화를 했었지만 요양병원에 입원한 후로는 불가능했다. 마지막 통화에서 명숙의 모친은 이제 그만 돌아올 수 없겠냐고 물었었다. 불행한 일은 불시에 일어난다. 예상하지 못하기에 그 순간은 얼떨떨하게 우왕좌왕하며 지나가지만 시간이 흐를수록 곱씹듯 반복해서 떠올려지며 남은 자들을 힘들게 한다. 세월이 흐르고 나서 그 일을 복기하듯 되짚으며, 이랬으면 달라졌을까, 저랬으면 어땠을까? 자책으로 또한 세월을 보낸다. 소용없는 일이지만. 명숙 곁에서 시월도 가방을 꺼내 주섬주섬 옷을 챙겼다. 명숙은 왜냐고 묻지 않았다. 두 사람은 십수 년이 넘도록 함께 생활하면서 아직도 서로의 과거에 대해 직접 묻고 답하지 않았다. 명숙은 자신의 과거에 대해 입을 열지 않았고 시월은 아직도 과거에 대한 기억이 돌아오지 않았기 때문이었다. 사람이 사람을 이해하기 위해서는 과거가 수반되어야 한다. 현재의 그 사람은 과거로부터 단단하게 축척되어왔기 때문이다. 그래서 현재만으로는 전체를 이해하기 부족하다. 그래서일까? 두 사람은 익숙한 반면 결코 넘어설 수 없는 선을 유지하고 있었다. 그건 예의와는 달랐다. 가방을 챙기는 시월에게 왜 따라가려는지 이유를 묻지 않은 것도 그 때문이었다. 가고 싶은 게지. 가고 싶으면 가야지. 명숙이 시월을 이해하는 방식이었다. 그리고 명숙은 모친의 부고에 자신의 과거를 얹어 자책중이었기 때문에 더 이상 타인의 감정까지 헤아릴 여유가 없었는지도 모른다. 명숙의 모친은 수도승처럼 사는 딸을 가슴아파했다. 자식보다는 늘 부모가 더 많이, 더 깊게 자식을 애달파하는 것은 만고불변의 법칙이기에. 서울에 도착할 때까지 각자의 감정에 빠진 채 서로 말이 없었는데, 시월이 건널목에서 쓰러지자 명숙은 시월의 과거에 대한 알지 못하는 것을, 묻지 않은 것을 잠시 후회했다. 너무나 당연하게 시월이 과거를 기억하지 못한다고 믿고 있었기 때문이다.

"괜히 데려와서 줄 초상나는 줄 알았다. 하필 사고 땜에 정신없는 건널목에서 쓰러져서…."

깨어났다는 전화를 받고 장례식장에서 응급실로 온 명숙은 약간 퉁명스럽게 말했지만 다행이라는 말을 그렇게 하는 거라는 걸 시월은 알았다. 부어 있는 눈과 검은 상복 때문에 명숙은 얼굴이 까칠하고 몸은 더 왜소해 보였다. 가자. 한마디를 하고는 앞서나가는 명숙을 따라 시월은 장례식장으로 갔다. 꽃 속에 파묻힌 영정사진 속 노인은 딱히 어디라고 할 순 없었지만 한눈에 모녀지간임을 알 수 있었다. 함께 살면서 두세 번 정도 보았음직한 명숙의 미소와 닮은 미소를 띠고 화사한 스카프를 두른 모습이었다. 슬픔으로 무겁지 않고 오히려 평온한 분위기였다. 시월은 문득 응급실에서 보았던 죽음을 떠올렸다. 그 남자의 영정사진은 어떤 모습일까? 사는 것도 죽음의 모습도 천

차만별인 세상임을 깨우치는 순간, 많은 질문이 질타가 시월의 머릿속에서 아우성쳤다. 그리고 눈앞에서는 영정사진 속 얼굴이 계속 바뀌면서 파노라마처럼 펼쳐졌다. 머뭇대는 시월에게 명숙은 하얀 국화꽃 한 송이를 내밀며 인사를 시켰다. 꽃을 놓고 고개를 숙인 시월이 좀처럼 움직이지 않았다. 명숙이 시월의 등에 손을 대자 비로소 시월이 고개를 들었다. 눈물이 가득 차서 눈이 쏟아져 나올 것 같았다. 명숙이 육개장과 밥을 차려 왔지만 시월은 먹지 않고 장례식장을 빠져나갔다. 건널목에 간다고 했다. 명숙은 왜 가는지 묻지 않고 다만 주머니에 돈을 넣어주며 찾아 갈 수 있는지, 장례식장으로 다시 찾아 올 수 있는지만 물었다.

장례식장이 있는 병원에서 나온 시월은 아주 멀리 보이는 산을 바라봤다. 울창한 산이 아니라 군데군데 맨살을 드러낸 듯한 바위들이 있는 산이었다. 그 산을 향해 걷기 시작했다. 지나치게 넓은 도로를 달리는 차에서 나는 소리가 너무 위압적이었다. 진행방향을 나타내는 선명한 화살표도, 아스팔트도로도 건물도 건물 뒤쪽 아파트도 모두 새것처럼 보였다. 층을 셀 수 없을 만큼 높은 아파트와 건물들은 하나같이 크고 높았다. 그러나 너무 크고 높고 넓은 것에 비해 듬성듬성 심어져 있는 나무들은 몹시 빈약했다. 시월은 주변을 두리번거리면서도 가는 방

향은 놓치지 않고 걸었다. 멀리 건널목이 보이고 더 멀리 있는 돌산에 조금씩 가까이 가고 있었다. 오랫동안 기억의 저장고에 갇혀 있던 천둥소리가 시월의 귀에서 울렸다. 천둥소리 다음에는 늘 무언가 굴러 떨어지는 소리가 뒤따랐다. 채석장에서 바위 캐는 소리야. 돌산이라 그래. 누군가 그렇게 말했었다. 시월은 멈춰 서서 오른쪽으로 고개를 돌렸다. 노란 철문이 반쯤 열린 학교가 보였다. 초등학교의 이름이 보이는 곳에서 멈췄다. 낡은 건물과 반대쪽에 더 높게 학교 건물이 지어지고 있었다. 더 가까이 다가가지 않고 다시 몸을 돌렸다. 건널목이 가까워질수록 걸음은 점점 느려지고 고개는 자꾸만 땅을 향해 주억거렸다. 대답하는 것처럼.

*

햇빛을 받아 아지랑이가 어른대는 철로에 아이들이 옹기종기 모여 있다. 멀리서 작대기를 든 철도원이 호루라기를 불어댄다. 아이들이 비켜나지 않자 호루라기를 더 크게 불면서 뛰어온다. "야! 잡힌다. 튀자." 아이들은 번개같이 철길 양쪽으로 흩어진다. 제법 잘 도망가는 큰 아이들 뒤로 꼬마가 철도원에게 잡혔다. 잠시 후, 꼬마는 눈물, 콧물이 범벅된 얼굴로 울면서 찔뚝이며 철길을 내려온다. 한쪽 다리가 유난히 가늘고 짧아 걸을 때마다 몸이 기울어서 앞서 뛰어가는 아이들보다 많이 뒤처졌었다. 철도원이 사라지자 언제 그랬냐는 듯 아이들은 또 철길로 올라간다. 기다란 녹슨 못을 레일 위에 올려놓고는 레일에 귀를 대 기차가 오는지 느껴본다. "기차온다." 누군가 외치자 아이들은 잽싸게 철길 양옆으로 뛰어가 몸을 움츠려 엎드린다. 철커덩 철커덩 거리며 기차가 지나가면 쏜살같이 뛰어 올라가 납작해진 못을 보며 너 몇 개 했어? 나 몇 개 했는데 하며 의기양양해한다. 한 장면의 기억이 끝이 나고 울음소리와 함께 다른 장면이 펼쳐진다. "영철아, 영철아!" 흐느끼는 소리들 사이로 피범벅인 된 채 널브러진 어린아이. 아이들의 울음소리에 뛰어 올라온 어른들. 그리고 들쳐 업고 뛰는 엄마 뒤로 흐르는 피, 진동하는 피 냄새.

서서히 내려가는 차단기 밑으로 남자아이 한명이 날렵하게 뛰어서 건너간다. 철도원의 호루라기 소리가 요란하다. 건너간 아이를 붙들고 철도원이 호통을 친다. 시월의 눈빛이 흔들리더니 이내 눈물이 흘렀다. 양손을 번갈아 몇 번이고 눈을 닦는다. 이번에는 조금 긴 시간 내려가 있던 차단기가 올라가자 사람들은 각각의 모습으로 건너간다. 자전거를 타고 쌩하니 건너는 아저씨, 급한 일이 있는지 뛰어가는 젊은이, 그 뒤로 조금 느긋하게 걷는 아줌마 두 사람, 유모차를 미는 젊은 엄마와 엄마의 옷자락을 붙잡은 아이. 그리고 지팡이를 짚은 허리가 굽은 할머니. 시월은 그들의 뒷모습을 보면서 천천히 건넜다. 모두 목적이 있어서 건너는 것이다. 그러나 시월은 막상 건널목을 건너오자 방향을 잃었다. 카메라 앵글을 천천히 이동하는 것처럼 시선을 움직이다가 붕어빵 리어카에서 멈췄다.

"그 사람이구먼. 괜찮수? 쯧쯧. 사람이 어찌 그렇게 부실하누."

지나쳐야할지 멈춰야할지 어정쩡하던 시월이 주머니를 뒤져 천원을 꺼냈다. 천원에 세 마리라고 삐뚤빼뚤하게 적힌 종이에도 세월이 서려 있었다. 붕어빵 노인은 이제 장사 준비가 끝나서 구워야한다며 기다리라고 했다. 노인은 시월이 갈 곳이 없음을 한눈에 알아본 것 같았다. 시월은 노인이 가리키는 플라스틱 의자에 앉아서 노인의 일거수일투족을 바라보았다. 문득 자신이 붕어빵을 먹어본 적이 있는지 궁금했다. 분명히 낯설지는 않다. 노인은 종이봉지에 넣지 않고 종이를 접시삼아 붕어빵 네 마리를 시월의 앞에 놓았다. 맨 처음 구워 낸 붕어빵은 부서질 만큼 바삭하고, 물고기의 비늘처럼 겉이 반지르르해 보였다. 시월은 네 마리 중 한 마리를 도로 갖다놓았다. 노인은 개시라서 더 주는 거라며 굳은살이 박인 두툼한 손을 내저었다. 머리부터 먹었는지 꼬리부터 먹었는지 모를 만큼 빠르게 붕어빵 한 마리를 먹어 치웠다. 그 사이에 차단기가 한번 내려가고, 굉음을 울리며 전철이 지나가고, 차단기가 다시 올라갔다. 전날의 핏자국은 어렴풋이 자국만 남아 핏자국인지 알 수 없을 정도로 옅어졌다. 건널목도 언제 그런 일이 있었냐는 듯 평화로웠다.

두 번째 붕어빵의 꼬리를 물었을 때, 땡땡거리는 소리와 함께 차단기가 내려가고 전철이 요란한 굉음을 내면서 달려왔다. 철로 된 바퀴의 강인함과 그것을 버텨내는 레일이 부딪쳐서 불꽃이 번쩍이고 지면도 약간 흔들렸다. 진동은 땅을 디딘 발바닥을 타고 몸으로 전해져 시월의 몸도 미세하게 떨렸다. 시월은 붕어빵을 목으로 넘기지 못하고 지나가는 전철을 골똘히 쳐다보았다. 마침내 빨간 불빛을 깜빡이며 땡땡거리던 경고등과 경고음, 진동이 멈췄다. 차단기가 올라가고, 건널목 양쪽에서 사람과 차가 천천히 움직이기 시작했다. 첫 번째 붕어빵을 먹을 때는 미처 보지 못했던 광경이다. 사람들의 뒤를 따라 건널목으로 걸어가서 울퉁불퉁하게 깔린 침목을 느끼면서 걷다가 허리를 숙여 레일에 손을 댔다. 미열이 있는 사람의 살갗 같았다. 시월은 붕어빵 천 원어치로 하루 끼니를 때우며 건널목을 건너갔다 다시 건너오고, 다시 건너갔다가 건너오기를 반복했

다. 레일위로 달려가는 전철에 오늘의 시간이 흐르고 차단기를
넘나드는 사람들 사이로 통시적인 시간이 흐르고 있었다.

　잠시 바빴던 붕어빵 리어카는 한가해졌다. 다시 돌아와 플라
스틱 의자에 앉으며 예전에는 철길 옆에 벽이 없었던 것 같다
고 시월이 말했다.

　"이 동네 살았었남? 맞어. 예전엔 읎었지. 은젠가 철길 옆에
있던 무허가촌이 철거되고 길이 넓어지면서 벽도 세워졌지, 아
마? 철길 넘어 다니다 죽는 사람도 꽤 됐어. 단속을 해도 소용
읎어. 특히 애덜은 기차가 멀리 보이믄 넘어가도 괜찮으려니
하거든. 을메나 빨리 달리는지 모르니까 말이여. 오랜만에 왔
는가보네? 여기두 많이 변했지."

　유치원가방을 맨 아이가 엄마 손을 끌며 붕어빵을 가리켰다.
아이의 엄마는 내키지 않는 표정으로 마지못해 천원을 내밀었
다. 아이가 리어카에 매달리자 얼른 물티슈를 꺼내 아이의 손
을 닦아주며 종이봉지대신 일회용 비닐봉지에 넣어달라고 했
다. 붕어빵노인은 군말 없이 아이의 엄마가 해달라는 대로 해
주었다. 한 마리를 다 먹겠다고 우는 아이와 반만 먹으라는 아
이 엄마가 실랑이를 벌이다가 떠나자 조용해졌다.

　"으휴~ 점점 장사하기가 힘들어. 어디꺼정 얘기했었지? 철
길 저쪽은 딴 동네가 됐어. 뉴타운이라나 뭐라나. 나두 옛날에

는 저쪽에 살았었어. 죄다 좁은 골목뿐이었는디. 쌈박질하고 난리를 치더니… 결국 힘 없는 사람들이 졌어. 비싼 아파트에 못 들어가고 돈 없는 사람들은 건널목 이쪽으로 다 쫓겨 왔어. 근디 이쪽도 을마 못 갈 거 같어. 이 건널목도 마찬가지구. 나 사는 동안은 그냥 있으면 좋겠는데. 알 수가 있나."

푸념 섞인 한숨을 내쉬면서도 노인의 손은 연신 뚜껑을 여닫으면 붕어빵을 구워냈다. 그러면서도 눈으로는 주변의 상황을 놓치지 않았다.

"아가씬지 아줌씬지 모르것지만, 가서 저 건널목에 서 있는 애 건너는 것 좀 도와줘."

노인이 가리키는 열 실이나 되었을까 싶은 아이는 불안정한 자세로 서 있었다. 아이의 양 다리는 한발 내디딜 때마다 몸이 이리저리 흔들렸다. 사람들이 건널목을 다 건너가도록 아이는 반도 가지 못했다. 더구나 울퉁불퉁한 건널목 바닥은 아이가 발을 딛기에 힘든 환경이었다. 시월은 아이의 팔을 잡고 건넜다. 건너가자 아이는 시월을 쳐다보며 씨익 웃었다.

*

"차단기 내려간다. 빨리 걸어."

옷가방을 어깨에 멘 주영이 뒤를 돌아보며 동생을 채근했다.
책가방을 멘 동생은 몸을 뒤로 젖히며 느리게 걸었다. 주영이
건널목을 다 건너와도 동생은 아직 중간에서 멈칫댔다. 철도원
은 호루라기를 불며 빨리 건너라고 손짓을 했다. 하지만 주영
은 더 이상 재촉하지 않았다. 가능한 천천히 가야 할 만큼 가기
싫은 곳으로 가는 중이었기 때문이다. 동생이 건너온 것을 확
인한 후 주영은 다시 앞만 보고 걸었다. 울고 나면 가슴이 조금
뚫릴 것 같았지만 핏발이 선 눈은 한 방울의 눈물도 내놓지 않
았다. 주영은 자꾸만 침을 삼켰다. 뜨거운 것이 목젖을 건드려
서 참을 수가 없었다. 데워진 눈물이 목으로 흐르는 것 같았다.

"왔니?"

프라이팬에 그득 담긴 불고기를 상 한가운데 놓고 마주앉아
식사 중이던 외삼촌과 외숙모는 들어와서 먹어보라는 말 대신
앉은 채로 한 마디만 했다.

"죄송합니다."

주영은 허리를 숙였다.

"느이들이 무슨 죄냐?"

주영은 셋째 동생의 옷가방과 책가방을 마루 끝에 놓고, 동
생과 눈을 마주치지 않은 채 그 집을 나왔다. 고모에게 맡기려
고 했던 둘째 동생은 전날 밤 집을 나가버렸다. 아무 말도 하지

않는 외삼촌대신 한마디를 했던 외숙모의 말이 대문을 나서는 주영의 귓가에서 맴돌았다. 빚쟁이도 그렇게 말했었다.

"느이들이 무슨 죄냐. 그래도 어쩌겠냐? 방은 비워라. 방 보증금으로는 느이 엄마가 진 빚에 턱도 없지만 느이들이 갚을 수도 없고, 그나마 이렇게 끝내는 걸 고맙게 생각해야 한다. 필요한 것만 챙겨서 나가라."

바람피운 죄보다 가장의 책임을 다하지 않은 죄가 더 크다. 주영이가 아버지를 떠올릴 때마다 하던 원망이다. 집을 나가버림으로써 가장의 자리를 내놓은 아버지였다. 살림만 하던 주부가 가장의 역할을 잘 해내는 것 또한 애초에 무리였다. 주영의 엄마는 경험도 없이 빠듯한 돈으로 무얼 해도 실패했고 결국 빚에 빚을 지는 악순환이 반복되었다. 빚의 무게를 감당할 수 없게 되자 주영의 엄마가 선택한 것도 아버지와 같은 방법이었다. 하지만 동생들을 책임질 능력이 없기는 주영도 마찬가지였다. 다니던 회사는 망했고 하룻밤 잘 곳도 없는 처지였다. 하루를 더 살면 하루치의 고통이 누적되는 삶을 더 살아야할 명분을 찾을 수가 없었다. 그래도 결심이 결행까지 가기엔 쉽지 않았다. 외삼촌 집을 나와 걷다가 주영의 걸음을 멈춘 곳은 차단기가 내려진 건널목이었다. 맹렬한 기세로 달리는 기차에서 날카로운 바람이 불어와 뺨을 쳤다.

*

천원어치 붕어빵을 오래도록 먹은 다음에도 시월은 리어카 옆 플라스틱 의자를 떠나지 않았다. 해가 서쪽으로 조금 기울었고, 붕어빵 노인은 조금 바빠졌다. 노인의 손은 한 치의 오차도 없었다. 우그러진 주전자로 붕어빵틀에 묽은 반죽을 따르고 팥소를 잘라 넣는다. 그리곤 그 위에 다시 반죽을 따른다. 절대 넘치지도 모자라지도 않았다. 팥소를 조금 더 넣거나 덜어내지 않고 밀가루 반죽이 넘치지도 않고 단 한 번에 끝낸다. 그러면서도 눈은 주위를 살핀다. 허리가 많이 굽은 할머니가 낡은 유모차를 밀고 붕어빵 리어카에서 좀 떨어진 곳에 멈췄다. 신문지를 펴서 바닥에 깔고는 소쿠리에 나물을 담아 노점을 열었다. 그리고 찌그러진 스티로폼을 주워 와서 깔고 앉았다. 할머니가 자리를 잡자 노인은 천천히 다가가 붕어빵 한 마리를 건넸다. 그 옆으로 왁자지껄 떠들며 아이들이 지나가자 차 조심하라는 말도 잊지 않았다. 시월은 문득 붕어빵노인의 나이가 궁금했다.

"왜 전화를 안받니?"

명숙이 카디건을 내밀었다. 하지만 걱정스러운 표정은 아니었다. 이미 시월이 어디에 있을지 알았던 것처럼. 시월도 미안

한 표정을 짓거나 미안하다고 말하지도 않고 명숙이 내민 카디
건을 받아 걸쳤다.

"무슨 모녀가 남처럼 그렇게 데면데면 하누?"

지켜보던 붕어빵 노인이 명숙에게 붕어빵 한 마리를 쥐어주
며 물었다.

"허긴 남보다 못한 가족도 많긴 허지. 세상이 으째 그리 변
하는가 몰러. 아까 건널목 건너는 거 도와준 갸도 부모가 버린
애여. 근데 생판 모르던 남이 키우잖어. 낳은 정보다 키운 정이
낫다니께."

명숙은 붕어빵을 먹지도 않고, 그렇다거나 아니라거나 하지
도 않았다. 시월의 옷 주머니에 돈을 넣어주며 걸어오지 말고
택시타고 와라 하고는 장례식장 쪽으로 돌아섰다. 시월은 명숙
을 따라가 팔을 잡았다. 명숙이 돌아보았다. "주영이에요. 내
이름이." 부어있는 명숙의 눈과 가늘게 떨리는 시월의 눈에 차
츰 눈물이 차올라 서로의 모습이 똑똑하게 보이지 않을 때까지
마네킹처럼 서 있었다. 눈물이 부피를 주체하지 못하고 주르르
흐르고, 명숙이 아주 천천히 고개를 끄덕이며 팔을 잡은 주영
의 손을 두 손으로 감싸 쥐었다.

"예쁜 이름이네. …… 괜찮지?"

달리던 기차의 맨 뒤 칸에서 강으로 떨어졌다. 주영이 그 사

실을 기억해 내는 데는 몇 년이 걸렸다. 잃어버린 기억 중에서 가장 먼저 찾은 장면이었다. 하지만 너무나 끔찍해서 다른 걸 기억해 내려고 할 때마다 방해가 되었다. 그래도 시간이 흐르면서 무언가 떠오르기 시작했는데, 기억은 한꺼번에 찾아지지 않고 가끔 한 장면씩 떠올랐다. 죽기위해 기차를 타기 전 주영은 건널목에 서 있었다. 절망이 극에 달해 다른 생각은 파고들 수가 없는 정도였다. 피 냄새가 나는 건널목을 떠나 기차를 탔다. 언젠가 아버지를 찾으러 가는 기차에서 보았던 철교 밑으로 흐르던 강으로 가기위해서였다. 두려움에 온몸이 부들부들 떨렸고 심장과 머리가 터질 것만 같았다. 기차가 강을 다 건너도록 떨어지지 못할까봐 두려운 건지 죽는 것이 두려운 건지, 난간을 잡은 손등에 핏줄이 솟아올라 터지기 일보직전이었다. 어느 순간에 난간을 놓고, 어떤 자세로 떨어졌을까. 마침 나룻배타고 고기 잡던 어부가 발견했다고 했다. 강 가운데로 떨어졌으면 죽었을 텐데, 그래도 명이 길었던 게지라고 어부가 말했다고 했다.

*

해의 온기가 점점 식어가는 시간, 주영은 플라스틱 의자에서 일어나 팔짱을 끼고 햇빛을 따라 자리를 옮겨 쪼그려 앉았다.

"그렇게 앉아 있는 걸보니 오래전 일이 생각나는구먼. 그 아줌씨도 거의 매일 그렇게 앉아 있었지. 정신이 온전치를 않았어. 근데 어느 날 아침에 나와보니께… 이런… 내가 괜히 쓸 데는 소릴 허구 있네. …허긴 세월이 벌써 얼마라구. 다 지나간 일이니께, 뭐… 글쎄 철길에 죽어있는 거여. 사람들 말로는 그 집 막둥이가 어릴 때 철길에서 죽었다더라구. 소아마비라 잘 걷지를 못했는데 아주 예쁘게 생긴 남자 아이였다더구먼."

"땡땡땡땡……."

내려갔던 차단기가 올리가고, 이제는 시월이기 된 주영이가 천천히 건너간다.

－『문파문학』 2017년 여름호

항생제 사용법

임실댁의 눈꺼풀이 조금씩 들춰졌다. 드러난 흐릿한 눈동자는 초점이 없었다. 천천히 눈을 감았다가 반쯤 뜨고, 다시 감았다가 뜨기를 여러 번 반복했다. 숨을 쉴 때마다 산소마스크에 김이 서리고 쉭쉭거리는 소리가 났다. 얼굴을 찡그렸으나 고무줄로 고정된 산소마스크는 살짝 움직일 뿐이었다. 무의식적으로 손을 들었지만 꼼짝하지 않았다. 고개를 비뚜로 해서 침대 난간에 묶여있는 손을 본다. 신축성 없는 광목 끈이 수갑 같았다. 멍든 부위들을 피해 꽂혀 있는 주사바늘과 수액봉지들은 현재의 상태를 대변했다. 임실댁의 눈꺼풀이 맥없이 내려앉았다. 잠에 빠진 듯싶더니 다시 힘겹게 눈을 뜨고 불끈 힘을 주어 주위를 둘러본다. 건너편 침대에 누운 환자와 서있는 사람이 있었다. 환자는 무언가를 요구하고, 서있는 사람은 병실 안을 움직이며 요구에 부응했다. 더 이상의 침대는 없었다. 임실댁은 퍼뜩 정신이 들었다. 병실로 옮겨졌구나. 드디어 중환자실에서 나왔나보네. 꿈은 아니겠지? 눈동자에 힘을 주어 찬찬히 살폈다. 그녀는 겨우 중환자실을 벗어난 아직은 중증의 환자였다.

일주일이 지났다. 그러니까 임실댁이 중환자실에서 2인 병실로 온지 일주일이 된 것이다.

"에그, 고만 좀 해요. 아침부터… 자리가 나면 어련히 옮겨줄까봐… 매일 그렇게 보채요? 6인실가면 시끄러워서 잠도 못 잔다고 그렇게 말을 해도. 쯧쯧."

건너편 침대의 환자인 여사님이 임실댁에게 퉁을 주며 몸을 일으켰다. 일주일 째 반복되는 말이다. 임실댁이 병실을 옮기려는 첫 번째 이유는 돈 때문이지만 그 다음은 여사님 때문이다. 병실비가 가장 비싼 중환자실에서 2인실로 침대가 옮겨졌을 때, 임실댁은 의식이 돌아오자마자 6인실로 옮겨달라고 간호사에게 졸랐다. 그때마다 1인실에 가지 않은 걸 다행으로 여기라며 여사님은 옆에서 깐죽대며 화를 돋우었다. 중환자실에서 나오면 일단 1인실이나 2인실로 가고, 며칠 지내면서 의료보험 적용이 되는 병실이 나기를 기다려야 하는 걸 임실댁이 모를 리 없다. 하지만 조르지 않으면 옮겨주지 않는 것도 안다.

이 병원의 청소부로 일했기 때문이다. 간호사도 한두 번 겪는 일이 아닌 양 감정의 흔들림 없이 네에 알아보겠습니다, 하며 의례적인 웃음 한번 띠고는 여사님에게로 몸을 돌렸다.

"여사님, 오늘 아침 기분은 어떠세요?"

간호사가 간병인처럼 상냥하게 묻자, 여사님은 환하게 미소를 지었고 간병인도 소리 내어 웃었다. 임실댁을 제외하고 모두 기분 좋은 아침이었다. "여사님"은 간병인이 자신의 환자를 부르는 호칭이다. 경험으로 터득한 것은 머리로 깨우친 것보다 실전에 강할 때가 많다.

어제 밤에도 정국과 정애가 복도에서 다투었다. 무심히 들으면 대화하는 것처럼 들렸겠지만 임실댁은 알아챘다. 주로 정애가 정국을 채근했다. 임실댁이 집 판돈을 어떻게 했는지 알아내라는 것이었다. 정애는 정국을 통해서 돈의 행방을 찾으려 했고 정국은 아직도 임실댁에게 묻지 못하고 있었다. 돈을 찾아야 병원비도 내고, 앞으로 얼마나 들지 모르는 치료비에 써야한다는 정애의 논리에 정국은 반박하지 못한다. 틀리지 않는 말이니까. 말소리가 끊어지자. 임실댁은 병실 문에 기대 서 있다가 문을 밀고 고개를 내밀었다. 정애의 뒷모습이 보였다. 걸음을 뗄 때마다 정애의 상체가 흔들렸다. 임실댁은 인상을 찡그렸다. '즈이들이 나보다 더 힘들까? 그렇다고 얼굴도 안보고 그냥 가? 못된 것.' 임실댁의 속마음을 읽은 듯 정애는 멈춰 섰다. 한숨을 쉬는지 정애의 어깨가 들썩하더니 팔짱을 끼어 가슴에 붙였다. 구부정한 상체가 펴지고 비로소 균형을 이룬 정애의 몸이 긴 동굴 같은 어둔 복도를 걸어갔다. 멀어질수록 상체는 굽어지고 걸음도 느려졌다.

임실댁이 119에 실려 응급실에 들어 온 건 한 달쯤 전이었다. 몇 가지 검사를 한 후 곧바로 중환자실로 옮겨졌다. 중환자실에는 삶과 죽음의 사이를 오가는 환자들의 구역도 있지만 집중 치료가 필요한 환자들이 치료받는 구역도 있다. 임실댁은 절망적인 상태로 병원에 실려 왔지만 비교적 빠르게 회복되었다. 중환자실 내의 집중 치료를 받는 침대에 누워서 의사로부터 MRI촬영 결과에 대한 설명을 들었다. 소뇌경색으로 혈관이 괴사된 부분이 몇 군데 보인다. 압력이 조금만 더 올라갔으면 숨골을 눌러서 위험했을 거라며 덧붙였다.

"대뇌경색처럼 몸의 한쪽이 마비가 되지는 않지만 어지럼증이 심해 몸의 균형을 잡지 못할거고, 빈번하게 구토가 날거에요. 이미 괴사된 부분은 치료가 불가능하고, 다른 쪽에 경색이 일어나지 않도록 치료할 겁니다. 문제는 재활치료인데, 오래 걸릴 거라는 걸 마음에 준비하고 시작하셔야 합니다."

재활의학과의 치료를 받으라는 의사의 말은 위험한 상태에서 벗어났다는 뜻 같았다. 하루, 이틀정도 경과 봐서 일반 병실로 옮기라고 했다. 하지만 그 말을 들은 날 밤 임실댁은 숨을 쉬지 못하는 위급상태가 되었다. 심장을 싸고 있는 심낭에 염증으로 물이 차서 심장을 압박한 것이다. 다행히 응급으로 심낭 천자수술을 받았다. 의사는 수술이 잘 되었다고 했다. 수술이 잘 되었다는 의사의 말은 자신이 집도한 수술이 실수 없이 되었다는 것이지 그 다음에 일어날 일에 대한 책임까지는 아니다. 임실댁의 경우가 그랬다. 불행하게도 패혈증에 걸렸다. 의료진은 왜 그렇게 되었는지 보다는 어떻게 치료해야 할지에 대해서만 생각했다. 생과 사를 오가며 분투하는 사람들 사이에 임실댁도 놓여졌다. 패혈증 진단이 내려진 후부터 의식이 거의 없는 상태가 계속되었고, 고열 때문에 수시로 체크가 필요했다. 24시간 투여되고 있는 수액으로 인해 몸이 점점 부어서 골이 패여 있던 얼굴의 주름이 펴졌다. 아이러니하게도 보기에는 좋았다. 쓰러지고 나서야 조바심내지 않고 찡그리지 않을 수 있게 된 것이다. 의사의 호출을 받은 정국이 면회시간 내내 임실댁의 그런 모습을 내려다보고 있었다. 면회시간이 끝나 갈 즈음 간호사가 와서 상태를 설명하고, 이어서 의사가 나타났다.

"수술로 심장에 찼던 물은 제거했고 일부를 뽑아내서 검사했습니다. 검사 결과가 나왔는 데 염증 수치가 높아서 약물 치료를 계속해야 됩니다. 심낭의 염증 치료와 패혈증 치료에 항생제 투여를 하고 있는데 염증 수치가 내려가질 않고 있어요. 원인을 찾고 있긴 한데, 혹시 환자가 평소에 항생제를 복용하고 있었나요?"

대답하지 못한 정국은 의사에게 무심한 아들의 민낯만 확인시켰다. 의사는 집에 있는 약을 모두 가져와 보라고 했다.

장승처럼 서있는 박스더미들과 보따리들이 집을 지키고 있었다. 두서없이 쌓여있어서 약간의 충격에도 우르르 무너질 기세였다. 벽에 듬성듬성 박혀 있는 못에는 임실댁의 사시사철 옷이 전부 걸려 있다. 전부라고 해봐야 다른 사람에게는 한 계절 옷 정도도 안 되는 양이지만. 방바닥 전체에 매트가 깔렸고 누워있던 자리엔 요와 이불이 아무렇게나 펼쳐져 나뒹굴었다. 이불을 대충 개서 구석에 놓고 정국은 두 손으로 요를 들어올렸다. 매트가 따라 올라왔다. 들춰진 매트 밑에는 공중화장실에서 사용하는 커다란 두루마리 화장지가 비닐에 쌓여 방바닥에 가지런히 깔려 있었다. 순간 정국의 미간에 세로 주름이 잡히고 이마에 내천 자가 그려졌다. 들었던 요를 던지듯 내려놓았다. 들추고 싶지 않은 과거를 열어 본 것처럼. 난방비를 아끼려고 바닥 전체에 두루마리 화장지를 깔았을 것이다. 정국이 헛기침을 해댔다. 싱크대 여기저기를 뒤지던 정국은 냉동실에서 쌓여있는 약봉지를 찾아냈다.

책상을 사이에 두고 의사와 정국이 마주 앉았다. 정국은 의사의 책상 위에 가져온 약봉지를 쏟아놓았다. 하나씩 들고 꼼꼼하게 들여다 본 의사는 약을 양쪽으로 나누었다.

"환자가 화상 입은 적 있습니까?"

"아, 예."

"화상 연고와 항생제가 많이 있네요. 화상을 제대로 치료하지 않았나봅니다."

"아, 예. 아마 그랬을 겁니다. 어머니가 워낙……."

"지금 치료가 안 되는 이유가 이거일 수 있습니다. 화상 치료를 제대로 받지 않은 거죠? 그래서 통증과 가려움증으로 시달렸을 것이고, 그때마다 연고를 바르고 항생제를 먹었던 것으로 추측 되네요. 환자의 몸에 항생제 내성이 생겨서 지금 치료가 효과를 보지 못하고 있는 게 아닌가 싶습니다."

의사는 항생제 남용이 얼마나 위험한 것인지 정국에게 길게 설명했다.

"중국에서는 항생제 오남용으로 생긴 슈퍼박테리아 때문에 해마다 8만 명이나 죽는 거 아시나요? 남의 나라 일이 아니에요. 우리나라도 항생제 남용이 큰 문제가 되고 있어요. 그래서 의사들도 항생제 사용법을 철저하게 지킵니다. 물론 사용법을 지켜야하는 약이 항생제뿐 만은 아니지만 말이에요. 모든 게 잘 쓰면 약이고 잘못 쓰면 독이 되는 거 아니겠어요?"

의사는 잘못되어도 자신의 책임이 아니라는 간단한 말을 아주 길게 사례까지 들어 설명했다. 그것도 부족해 무슨 말인지 알아듣겠냐는 듯 턱을 살짝 들고 눈은 내리깔았다. 지랄하네. 무심코 뱉은 정국의 한 마디에 의사는 뭐라고 하셨나요? 정중하게 물었다. 정국은 돌아보지 않고 진료실을 나왔다. 치료 효과가 나타나지 않는 이유가 환자 탓인 것만 확인한 채,

병원에서의 시간은 더디게 간다. 바쁘게 움직이는 간호사들과 반대로 환자나 보호자는 기다림의 연속이기 때문이다. 의식 없는 환자의 보호자는 더욱 그렇다. 매일 저녁 들르던 정국도 이틀, 사흘 그리고 나흘에 한번 찾아오거나 의사의 호출을 받아야 병원에 나타났다. 그런 걸 두고 누군가는 긴 병에 효자 없다고 하지만 또 한편에서는 산 사람은 살아야하지 않느냐고 반박한다. 하루를 즐기는 사람과 하루를 살아내는 사람의 처지만큼 큰 차이다. 패혈증 진단에 놀랐던 정국이 지치는 데는 불과 보름이 한계였다. 그때쯤이었다. 다시 의사의 호출을 받은 건.

"환자의 상태가 나아지지 않고 있어요. 더 이상 나빠지지 않는 것만 해도 다행이긴 하지만, 만일 상태가 지금보다 조금이라도 나빠진다면 보험적용이 안 되는 약을 써 보는 수밖에 없는데, 동의하시겠습니까?"

정국이 의사라도, 의사가 정국이라도 어차피 대답은 뻔할 수밖에 없다. 그러니 의사는 정국의 답을 뻔히 알면서 물은 것일

지도 모른다. 가끔 아니라고 말하는 사람이 있다면 그건 살리는 걸 동의하지 않겠다는 뜻이 아니라 정말 돈이 없어서일 거다. 정국은 일단 동의했다. 신용카드가 동의하는 것이지만. 비싼 약을 써야 하는 날은 빨리 왔다. 의사가 예상하고 말한 것처럼. 모든 환자에게 효과가 나타나는 것은 아니라는 의사의 전제에도 불구하고 임실댁의 몸에서 비싼 약의 효과가 나타났다. 여름날 햇볕에 탄 피부가 벗겨지듯 검게 변한 온 몸의 피부가 한꺼풀 벗겨지고 임실댁이 중환자실에서 나왔다. 인사는 최선을 다했다는 의사가 받았다.

아침부터 여사님 때문에 기분이 상한 임실댁은 점심 식사가 올 때까지 벽을 보고 돌아누워 있었다. 머리에 하얀 모자를 쓴 배식원이 임실댁의 이름을 불렀다. 침대에 붙은 간이 식판을 올려서 간소한 식사 쟁반을 놓고 나갔다. 건너편 여사님의 침대에서는 미리 와서 기다리던 여사님의 며느리가 커다란 도시락 가방을 풀었다. 메뉴도 매일 달랐다. 여사님의 며느리는 침대에 붙어 있는 식판을 들어 올려 물티슈로 닦은 다음 가방에서 꽃무늬 쟁반을 꺼냈다. 그리고 하나씩 올려졌다. 먼저 기름을 칠한 듯 윤기가 흐르는 밥이 놓였다. 은은한 광택이 나는 유기주발에 7부정도 담긴 흰쌀밥이다. 껍질을 벗겨낸 명란위에 다진 청양고추와 다진 실파, 깨소금이 가지런히 얹힌 접시가 두 번째였다. 홍고추를 갈아 넣은 열무김치도 있다. 자박한 국물과 선명한 붉은 빛깔 때문에 저절로 침이 고일 정도다. 표면이 거칠어 집에서 구운 표시가 나는 김과 추어탕이 오르고 마침내 여사님의 밥상이 완성되었다. 미꾸라지를 갈아서 만든 흔한 추어탕이 아니라 미꾸라지를 통째로 끓인 추어탕이다. 여사님은 한 수저 떠서 맛을 음미하고 흐뭇한 미소를 지었다. 병원식단인 임실댁의 쟁반에도 추어탕 한 그릇이 놓이고, 어서 맛보라는 여사님의 권유에 임실댁은 마지못해 수저를 들었다. 아침에 있었던 일을 생각하면 거절하고 싶은 생각이 굴뚝같았다. 눈앞의 보양식은 임실댁을 쳐다보며 안 먹으면 너만 손핸데? 했다. 속으로는 고럼~ 했으나 겉으로는 뜸을 들이며 추어탕 한 수저를 떴다. 모래를 씹는 맛이었다. 음식을 남기는 법이 없는 임실댁도 입원 날이 늘어가자 입맛을 잃었다. 보양식도 소용이 없었다. 반쯤 남긴 채 수저를 내려놓고 점심 약을 먹고는 바로 누웠다. 눈을 뜨고 일어나 있으면 여사님이 또 어떤 인심놀이를 하려고 할지 모르기 때문이다. 여사님은 틈만 나면 베푸는 기쁨을 맛보고 싶어 했다.

식사를 마친 여사님은 늘 며느리를 대동하고 간병인이 밀어주는 휠체어에 앉아 산책을 나간다. 한방 병원의 오후 치료시간이 되면 며느리의 임무는 끝난다. 여사님은 2시간가량 치료를 받았다. 그동안 간병인은 병실로 돌아와 침대시트와 베개커

버를 바꾸고 청소를 한다. 그리고는 여사님의 침대에 누워서 잠깐 낮잠을 자고일어나 커피를 마신다. 매일 되풀이 되는 간병인의 행동이었다. 오늘도 여사님을 한방병원에 데려다놓고 간병인이 병실로 들어왔다. 세탁할 시트와 커버를 탕비실에 갖다놓고 돌아온 간병인이 침대에 누웠다. 잠이 오지 않는지 도로 일어나 믹스커피를 꺼냈다. 자고 있는 임실댁을 깨우며 커피 마시겠냐고 물었다. 임실댁은 부드럽고 달달한 믹스커피를 좋아했다. 간식도 과일도 사치로 여기는 그녀가 마다하지 않는 것이 믹스커피였다. 두 사람은 커피를 홀짝이며 담소를 나눴다. 여사님은 임실댁과 동갑이다. 침대에 붙어 있는 환자카드에 적힌 나이가 같았다. 여사님이 뇌졸중으로 입원 중인 환자였다. 한쪽 몸이 마비가 되어서 몇 달째 치료를 받고 있다고 했다. 이 병원은 양방병원과 한방병원이 함께 있어서 몸에 마비가 온 뇌졸중 환자가 치료받기에 좋은 시스템을 갖췄다. 오전엔 신경과에서 치료를 받고 오후에는 한방병원 치료를 받는데 한방치료는 무척 비싸다고 간병인이 말했다. 언어 치료가 잘되었는지 여사님의 말은 어눌하지 않았다. 다만 오른쪽 팔과 다리의 마비가 아직 풀리지 않아서 혼자 움직이지 못했다. 간병인이 있음에도 불구하고 가족들은 특히 며느리는 매일 병문안을 왔다. 어디에 복이 붙은 걸까 임실댁은 궁금해서 잠든 여사님의 얼굴을 슬쩍 보았었다.

"여사님의 환자복 왼쪽 주머니에 옷핀이 꽂혀있는 거 봤어요?"

간병인이 입술을 달싹거리다가 임실댁에게 말을 걸었다. 침대에 걸터앉아 문을 바라보며 큰 비밀이라도 되는 양 작은 목소리로. 임실댁도 고개를 앞으로 빼고 눈을 크게 떴다. 잘 보여야 잘 들을 수 있기에.

"주머니에 오만 원짜리가 뭉치로 들었어요. 가족들이 왜 매일 오는 줄 아세요? 한번 올 때마다 몇십만 원씩 주거든요. 에휴, 젊어서 고생하면 늙어서 저런 맛이라도 있어야 되는데……. 지금은 저렇게 부잣집 마나님처럼 보이지만요. 젊어서는 고생을 많이 했대요. 매일 밥 쟁반을 몇 개씩 머리에 이고 다녔다더라고요. 얼마나 고생을 많이 했으면 열 손가락이 다 휘고, 정수리가 납작해졌겠어요. 그런데요, 삼청교육대 있잖아요? 삼청교육대 알아요? 어찌어찌하다 연이 닿아서 식재료를 납품했는데 그때 떼돈을 벌었다더라고요. 지금은 경동시장에 있는 가게에서 들어오는 임대료만 해도 엄청나대요. 그런데도 자식들한테 절대로 목돈을 주지 않고 자신에게 잘 할 때마다 돈을 준다네요. 그러니 어떻게 잘하지 않을 수 있겠어요?"

임실댁의 낯빛이 변했다. 간병인은 아는지 모르는지 한숨을 길게 내쉬며 어깨를 내려뜨렸다. 그러나 금세 기분을 풀고 여사님이 간병인 비를 다른 사람보다 하루에 만원씩 더 준다고 자랑을 했다. 괜히 입안의 혀처럼 구는 게 아니었다. 여사님의 치료 끝날 시간이 되었는지 간병인은 침대에서 내려와 신발을 신으며 임실댁 가까이로 몸을 숙여 속삭였다. 여사님이 담당 의사에게 살려줘서 고맙다고 천만 원을 줬다고. 주치의는 회진을 돌 때마다 여사님의 두 손을 잡고 웃음 띤 얼굴로 다른 환자보다 더 길게 대화를 하곤 했다.

간병인이 병실을 나가고, 갑자기 임실댁이 허벅지 안쪽 부위를 검지와 중지로 살살 두드렸다. 강도가 점점 세어지면서 다섯 손가락 모두를 사용해 긁었다. 부위도 점점 넓어졌다. 손가락이 화가 난 듯 움직임이 빨라지고, 성에 차지 않는지 두 손이 바지 속으로 들어가 본격적으로 긁기 시작한다. 얼굴이 벌겋게 변할 때쯤 엉거주춤 일어나 커튼을 치더니 바지를 내린다. 피가 맺혀 있는 울퉁불퉁한 화상 상처부위가 드러났다. 한손으로 입을 막고 얼굴보다 더 빨갛게 변한 피맺힌 상처부위를 꼬집어 뜯는다. 임실댁의 눈에 눈물이 맺히고 숨소리가 거칠어지고서야 손이 멈췄다. 침대에 엎드려 얼굴을 묻은 그녀의 등이 들썩였다. 화상 상처는 기억의 상처를 소환한다.

초겨울이었지만 그날은 유난히 추웠다. 남편 때문에 심기가 불편한 임실댁이 마당 수돗가에서 양은 대야를 내동댕이쳤다. 시멘트바닥에 부딪친 대야는 외마디 비명을 질렀다. 한 동네

사는 박 씨와 일하러 나간 뒤 안 들어온 지 이틀째였다. 대문간에 엎어져 있는 대야를 발로 찼다. 한 바퀴 구르더니 수돗가로 굴러가고 파란색 고무 슬리퍼도 그 옆으로 날아갔다. 슬리퍼를 집어던진 사람이 남편인 것처럼 욕을 퍼 부은 다음 슬리퍼를 집어 탁탁 털어 신고 골목으로 나갔다. 박 씨네 가는 길에서 만난 박 씨 딸에게 엄마 있냐고 물으니 일 갔다고 했다. 아버지는 계시냐고 물으니 안 들어왔다고 대수롭지 않게 말했다. 어제만 안 들어온 건지 그저께부터 안 들어온 건지 잘 모르겠단다. 둘이 같이 있는 건 분명했다. 아버지 들어오시면 우리 집에 얘기해 달라고 하고는 박 씨 딸과 헤어졌다. 하지만 며칠이 지나도록 두 남자는 돌아오지 않았다. 신분증만 없어도, 사소한 말다툼만 해도 재수 없으면 삼청교육대에 끌려가는 어수선한 시국이었다. 어느 동네 누구도 잡혀갔다는 둥 실체를 알 수 없는 괴괴한 소문이 나돌았다. 입술이 타들어가고 피가 마르는 하루하루였다. 누군가 넌지시 귀띔을 해 주었다. 삼청교육대에 끌려갔는지 알아보라고. 줄이 닿을 사람을 찾아보고, 돈을 구하러 파란색 슬리퍼가 찢어질 정도로 돌아다녔다. 손을 내밀어 주는 사람이 한명도 없었다. 무슨 짓을 해서라도 돈을 벌어야겠다고 임실댁이 결심한 순간이었다. 박 씨는 임실댁의 남편보다 1주일이나 먼저 집으로 돌아왔다. 공포가 팽배한 사회에서도 돈보다 더 유용한 힘은 없다는 게 확인되었다. 돈 봉투를 전하니까 박 씨는 임실댁 남편보다 먼저 돌아왔다. 지옥과 다름없다는 삼청교육대에서의 1주일은 얼마나 긴 시간이었을까? 큰길가에 떨어뜨려진 임실댁 남편이 기어서 대문에 들어섰다. 돌아오지 못한 사람들도 많다니 죽지 않고 돌아온 것이 천만다행이었다. 일을 마치고 거나하게 취한 박 씨와 임실댁 남편이 몹쓸 세상에 대해 떠들다 잡혀갔다는 것이다. 남편은 그 일로 자리에서 일어나지 못했고 참지 못할 만큼 화가 치받치면 방바닥을 두드리며 혼자 구시렁댔다. 그럼 몹쓸 세상이지 살 만한 세상이냐고. 그녀는 남편을 살려보려고 애썼다. 화상을 당한날도 남편을 병원에 데려가기 전에 씻기려고 부엌에서 연탄불에 물을 데웠다. 뜨거워진 물을 들고 나가다가 발을 헛디뎠고, 끓인 물은 임실댁의 허벅지로 쏟아졌다. 그날을 기억할 때마다 임실댁은 몸서리를 쳤다. 그렇게 애쓴 보람도 없이 남편은 다시 대문 밖을 나가지 못한 채 죽었다. 장례식장에 박 씨가 조의금 봉투를 들고 왔다. 그는 벌써 회복되어 다리를 절지도 않았다.

침대에 엎드려있던 임실댁이 연고를 꺼내 상처에 펴 발랐다. 개 같이 번 돈을 정승같이 쓰는 여사님의 모습에 그녀는 속이 쓰렸다. 시장에서 밥 쟁반을 머리에 이고 나르는 일뿐만 아니라 더한 일도 수없이 했다. 모든 게 둘째 며느리 때문이었다. 임실댁이 예단 필요 없다고, 혼수도 해 오지 말고 돈으로 가져

오라고 한 건 선의였다. 사실 임실댁은 몇 년 사이에 집을 사고 팔면서 제법 큰돈을 벌었다. 돈을 벌려고 이를 악물고 애써도 벌리지 않을 때가 있지만 별 노력 없이도 돈이 술술 붙을 때도 있다. 결혼하는 둘째 며느리의 결혼비용에 자신의 돈을 보태서 집을 사주려고 했을 뿐이었다. 그것은 사달의 시작이었다. 세금을 많이 내지 않으려면 집을 자식들 명의로 나누어 놓으라는 부동산 사장의 권유에 가장 값이 나가는 집을 둘째 아들 명의로 했다. 그 집에 며느리의 돈은 10%도 들어가지 않았다. 그러나 결혼할 때까지는 고분고분하던 며느리가 결혼하고 나서는 번번이 맞섰다. 며느리와 임실댁의 사이가 틀어지자 둘째아들과 임실댁은 갈등을 빚었고, 아들부부 사이도 좋지 않았다. 그런데 어느 날 갑자기 둘째아들이 급성간경화로 죽었다. 기가막힌 것은 아이도 재산도 모두 며느리 차지가 된 것이다. 며느리는 두 눈을 똑바로 뜨고 임실댁에게 말했다. 법이 그렇게 되어 있다고. 아들과 재산을 한꺼번에 잃은 후 그녀의 몸 안에서는 화가 돌아다녔다. 화가 돌아치면 머리끝에서부터 땀이 비처럼 흘렀다. 그럴 때면 병원에서 청소를 하다말고 화장실로 들어가 가슴이 터지도록 두루마리 화장지를 끌어안았다. 화 덩어리가 움직이지 못하도록. 퇴근할 때마다 가방에 넣어와 밤에도 두루마리 휴지 뭉치에 가슴을 대고 자는 버릇이 생겼다. 그러는 사이 임실댁의 방에 화장지가 쌓여갔다. 세월이 흘러도 화의 크기는 줄지 않았다. 그 생각만 나면 그녀는 자다가도 벌떡 일어났다. 바닥에 머리만 대면 잠이 들고 아침까지 한 번도 깨지 않던 그녀였다. 그런데 눈만 감으면 온갖 상념으로 머릿속이 어수선해서 깊이 잠들기가 어렵고 수시로 일어났다.

집에서 쓰러진 날도 꿈에서 둘째 며느리를 쫓아가다가 잠에서 깼다. 화장실에 가려고 일어나서 불을 켜지 않고 벽을 더듬어 방을 나갔다. 기억은 거기까지였다. 의사가 여러 가지를 물었다. 특히 쓰러진 날이 언제였냐고. 쓰러져 있는 임실댁을 가스 검침원이 발견했다고 했다. 검침원 여자는 한 달에 한 번씩 들렀다. 올 때마다 음료수나 떡을 가져와서 쉬어갔다. 구청에서 가스 회사의 검침원들에게 독거노인들을 살피도록 부탁했다는 것이었다. 그래서 임실댁은 검침원에게 대문을 통하지 않고도 들어오는 방법을 알려주었었다.

간병인에게서 뜻밖에 삼청교육대란 말이 나온 순간, 과거의 기억들이 앞 다투어 임실댁의 심사를 뒤틀고 나왔다. 삼청교육대와 화상사고 그리고 둘째아들까지 어느 것 하나 좋은 기억이 아니었다. 참을 수 없을 만큼 심장이 불규칙하게 뛰어서 임실댁은 비상벨을 눌렀다. 그리고 간호사가 준 약을 먹고 잠이 들었다.

병실 문이 스르르 열렸다. 얼굴보다 더 세련된 옷차장으로 칠십이 채 안되어 뵈는 여자가 들어와 임실댁에게 다가왔다.

"언니, 언니, 나야."

임실댁이 몸을 돌리고 게슴츠레하게 눈을 뜨고 올려다보았다.

"누구유?"

"언니, 나야, 못 알아보겠어? 숙자야."

"숙자? 니가 무슨 내 동생 숙자야?"

"언니, 어떻게 날 못 알아봐?"

그제야 임실댁이 누웠던 몸을 일으켰다.

"그래, 인제 보니 정말 내 동생 숙자구나. 어떻게 알구 왔냐? 왜 왔어? 난 금방 퇴원할 건데. 근데 너는 신수가 훤하구나. 맨날 쫓겨나던 숙자가 아니네."

숙자의 안색이 변하는 걸 알면서도 임실댁은 모른 척하며 주절거렸다. 잔뜩 꼬여있던 심사가 숙자에게로 불똥이 튀었다. 열 살 무렵 서울 친척집으로 식모살이를 하러 임실에서 올라온 그녀와 달리 숙자는 부모 밑에서 자랐다. 임실댁은 부모를 원망하며 고향을 떠난 뒤 한 번도 가지 않았다. 임실댁이 결혼할 즈음, 숙자도 공장에 다니기 위해 서울로 올라와서 두 사람은 재회했다. 숙자는 눈치도 빠르고 사람들 비위를 잘 맞췄다. 하지만 숙자에게도 흠이 있었는데 아이를 낳지 못하는 거였다.

"니가 나를 부러워하던 시절도 있었는데, 안 그러냐? 나한테 부자라구 그랬었잖아. 나는 하나도 없는데 언니는 자식이 셋이나 있으니 얼마나 좋으냐구. 니가 그랬었잖니? 술만 처먹으면 두들겨 패고 쫓아내던 니 남편은 잘 있냐?"

동요하지 않는 숙자의 모습에 임실댁은 일부러 생채기를 내는 말만 골라했다. 삼청교육대에 끌려간 남편을 구하기 위해 숙자에게 돈을 빌리러 갔을 때 숙자는 꿔주지 않았다. 돈만 있었다면 남편이 죽지 않았을 거라고 임실댁은 믿었다. 그 후 숙자와 연을 끊었다. 상처를 후벼 파던 두 사람의 만남은 눈물 바람으로 끝났다. 숙자는 얼른 일어나라 말과 함께 수표를 임실댁의 손에 쥐어 주었다. 손바닥에 느껴지는 얇지만 빳빳한 촉감에서 돈 냄새가 났다. 무엇으로도 대체할 수 없는 좋은 냄새였다. 숙자는 그녀의 마음을 읽은 듯 귀에 대고 속삭였다. 언니, 옛날엔 내가 미안했어. 병원비에 보태. 천만 원이야. 임실댁은 화들짝 놀라 침대에서 내려와 고개를 조아리고, 빠져나갈까봐 수표를 움켜쥐었다.

저녁밥도 거르고 잠에 빠져 있던 임실댁이 깼다. 간호사가 준 약 때문이었다. 잠에서 깨어 휴지를 움켜쥔 손을 보자 임실댁은 소리를 질렀다.

"내 돈, 내 수표 어디 갔지? 이 봐요. 내 손에 쥐고 있던 수표 못 봤수?"

"자다 깨서 무슨 봉창 두드리는 소릴 하는 거요?"

여사님이 기가 찬 듯 쳐다봤다,

"내 동생이 준 수표 말이에요. 그게 얼마짜린데. 아이고, 내가 잠든 사이에 당신이 가져간거 아니요? 얼른 내놔요. 이방에 당신밖에 없으니 분명 당신 짓이지? 돈도 많다며 왜 남의 수표를 가져가?"

임실댁의 목소리가 점점 격앙되면서 여사님에게 삿대질을 했다. 여사님도 지지 않았다. 두 사람 사이에 삿대질과 육두문자가 오가며 본격적인 싸움이 시작되었다. 소문은 복도에 퍼지고 간병인이 뛰어 들어왔다.

"그럼 당신이 가져갔어? 내 돈, 내 돈 어서 내놔."

임실댁은 사색이 되어 간병인에게 소리를 질렀다. 여사님에게 자초지종을 들은 간병인은 간호사를 불러왔다.

"내 동생이 준 수표가 없어졌다니까? 수표 말이야. 수표."

숨소리가 거칠어지고 가슴이 들썩였다. 수표는 은행에 신고하면 되니까 걱정하지 않아도 된다고 간호사가 다독였다. 조금 진정된 기미를 보이자 간호사가 물었다.

"동생분이 언제 오셨어요?"

아까. 아까가 언제에요? 잘 생각해 보세요. 점심 먹을 때? 먹고 나서? 차분하게 묻는 간호사의 말에도 임실댁은 분명하게 답하지 못하고 우왕좌왕했다. 점심때인 거 같다고 하자 간병인이 나섰다.

"점심때 오긴 누가와요? 추어탕 먹고 나서 누워서 잤잖아요. 내가 여사님 한방병원에 모셔다 드리고 오니까 그때까지 자고 있더구만. 내가 깨워서 커피주고 이런 저런 얘기 한 거 기억 안 나요? 그때 아무도 안 왔어요."

그런가? 그럼 그때 지나 선가? 이번에는 간호사가 나섰다. 내가 약 갔다드린 건 기억나세요? 약? 으응. 그래 약 갖다 줘서 먹었지. 기억나. 약 먹고 뭐하셨어요. 주무셨죠? 간호사가 임실댁의 등을 문지르며 부드럽게 물었다. 그런가? 그런 거 같네. 간병인이 끼어들며 꿈꾼 거 아니냐며 앙칼지게 쏘아 붙였다. 그때까지 임실댁의 손에는 움켜쥔 휴지가 들려 있었다. 임실댁의 동공이 흔들리고, 휴지를 슬그머니 버렸다. 허망한 것도 잠시, 간호사가 괜찮다고 그럴 수 있다고 위로하며 나가고 난 뒤 간병인과 여사님의 화풀이를 감수해야 했다. 숨을 쉬구멍도 없는 병실이었다. 임실댁은 속으로 결정했다. 병실을 옮길 것이 아니라 내일은 무슨 일이 있어도 퇴원해야겠다고. 퇴원해서 다시 제대로 시작해보겠다고. 이제는 어떻게 살아야하는지 알 것 같았기 때문이다.

밤이 되었다. 퇴근하고 만난 정국과 정애가 또 복도에서 다퉜다. 두 사람의 목소리가 점점 커지자 임실댁은 병실 문을 열었다. 걱정 말라고 할 참이었다. 바로 그때였다. 정국이 들고 있던 봉지를 바닥에 내동댕이친 건. 봉지가 찢어지면서 날카로운 금속 파편이 튀는 소리가 가라앉은 공기에 파장을 일으키면서 아수라장이 되었다. 쏟아진 일회용 도시락에서 나온 만두들이 모두 배가 터지고, 뚜껑이 열린 통조림에서 걸쭉한 단내가 퍼졌다. 하나하나는 맛이 있을 음식들이 섞여 추악한 몰골을 드러냈다.

다음 날 아침, 임실댁은 회진 온 의사에게 오늘 당장 퇴원하겠다고 말했다. 의사는 조금 더 입원해 있기를 권했다. 연락을 받은 정국도 퇴원하고 통원치료 하겠다고 했고, 정애도 반대할 리가 없었다. 의사만 빼고 모두 퇴원에 찬성이었다. 보따리를 싸고 있는 임실댁에게 여사님은 참지 못하고 설교를 시작했다.

"에그, 왜 그렇게 퇴원을 못해서 안달이유? 다 나아서 나가야지, 그렇게 퇴원했다가 다시 도지면 고치지 못하게 될 수도 있는데… 한 번에 고치는 게 돈도 덜 들어요. 몇 번씩 입원하고 퇴원해봐, 돈도 더 들지. 아끼려다 옴팍 쓰는 사람 여럿 봤다니까."

어제 일은 잊었는지 여사님은 아무 일 없었던 것처럼 대했다. 여사님이 침대에 앉아서 주머니에 꽂힌 옷핀을 풀었다. 그리고 주머니 안에서 오만 원짜리 지폐를 한 장씩 꺼냈다. 옷핀으로 주머니를 잠그고 나서 지폐를 세어 임실댁에게 내밀었다. 퇴원해서 보양식 사 먹으라고. 임실댁의 눈이 아주 잠깐 반짝

했지만 두 손을 내저으며 거절했다. 여사님은 세 번까지 권하지는 않았다. 임실댁도 이번만큼은 절대 받지 않겠다는 의지가 엿보였다. 한나절이나 걸리는 퇴원수속이 끝났다. 아직은 걷기도 서기도 어눌한 임실댁이 대문간에서 정국에게 돌아가라고 했지만 집안으로 따라 들어왔다. 비어있던 집에서는 냉기가 돌았다. 정국이 보일러의 전원을 켰다. 언제부터 고장이었는지 보일러는 작동하지 않았다. 임실댁은 정국에게 바쁠 텐데 어여 가라. 어여 가, 내 걱정은 하지 말고를 되풀이 했다. 정국은 무슨 말인가 하려고 망설이다가 그냥 나갔다.

대문 닫히는 소리가 났다. 미동도 없이 누워있던 임실댁은 자리에서 일어나 앉았다. 요를 조금씩 말아서 옆으로 밀고 그 밑에 깔린 매트를 걷었다. 커다란 비닐봉지 안에 6개씩 가지런히 들어있는 화장지가 드러났다. 비닐봉지를 잡아당겼지만 그녀의 힘으로 쉽게 들리지 않았다. 몇 번을 시도하다가 비닐을 찢고 두루마리 화장지를 하나씩 들어냈다. 6개를 들어내고 그 옆의 비닐봉지를 찢어서 또 들어냈다. 두루마리 화장지가 빠져나간 자리 밑에는 검은 봉지가 있었다. 봉지를 풀자 차곡차곡 포개진 오만 원권 다발이 돈 냄새를 풍기며 나왔다. 봉지를 틀어쥐고 일어서던 임실댁이 휘청거리며 주저앉았다. 다시 일어나려했지만 되지 않았다. 주저앉으면 다시 일어나고, 엎어지면 다시 일어나고 밤새도록 임실댁은 돈봉지를 놓지 않고 일어서

기를 반복했다.

―『한국소설』 2017년 8월호

레드썬

그 사건이 보도되는 뉴스를 시청하고 있지 않았다면 정애는 밖에서 들리는 소리에 조금 천천히 반응했을지도 모른다. 그랬다면 낯선 남자와 아모르가 나가는 장면을 못 봤을 가능성도 있다. 정애가 사는 1층은 담이 없어서 외부의 소리가 잘 들린다. 그러다보니 웬만한 소음에는 익숙해져서 개의치 않았다. 그런데 계단을 내려오는 발소리는 둔탁하고 불규칙했다. 계단을 오르내리는 발소리만으로도 대충 누구인지 알 수 있었기 때문에 창문을 조금 열고 밖을 내다보았다. 어깨에 커다란 가방을 멘 낯선 남자가 작은 체구의 아모르를 감싸다시피 한 채 집 밖으로 나가고 있었다. 순간적으로 정애의 머리카락이 곤두서고 뒷목도 뻣뻣해졌다. 두 손으로 목 뒷부분에서 머리까지 주무르며 생각에 잠겼다. 무슨 일일까? 오만가지 생각이 금세 머릿속에 꽉 찼다. 정애는 일부러 다른 생각을 하려고 애썼다. 어차피 내일만 지나면 부동산에서 방 구하는 사람들을 데려올 테고, 아모르는 이사 갈 거니까 신경 쓰지 말자고 혼잣말을 하며 방안을 서성였다. 생각과 마음은 일치할 때보다 불일치할 때가 더 많다. 진정이 되지 않자 팔짱을 끼고 '레드썬, 레드썬'을 중얼거렸다. 그날은 아모르가 요청했던 사흘의 마지막 날 밤이었고, 하루만 더 기다려 달라는 문자를 받은 날이었다.

　생각을 바꿔보려고 TV로 시선을 돌렸다. 화면은 이미 바뀌어 있었지만 계단의 낯선 발소리를 듣기 직전 보았던 화면이 떠오르자 정애의 몸이 부르르 떨렸다. 그런 종류의 뉴스가 빈번한데도 무덤덤해지지 않았다. 십대 소녀가 성폭력을 당한 후 임신했고, 집에서 홀로 아기를 낳았다. 출산 후 하혈이 심해 정신을 잃었던 소녀가 깨어났을 때 아기는 죽어있었다고 했다. 죽은 신생아는 음식물쓰레기통에서 발견되었다. 인터뷰에 응한 시민들은 하나같이 충격적이라며 말을 잇지 못했다. 경찰관이 몇 번을 반복해서 묻자 소녀는 무서워서 그랬다고 말했다. 무서웠다는 그녀의 말이 정애의 머리에서 떠나지 않고 웅웅거렸다. 제 발로 걸어 나가지 못하던 아모르가 떠올랐다. 만약 작고 마른 아모르가 임신 중이라고 해도 알아챌 수 있었을까? 무슨 일일까? 온갖 상상이 지느러미를 움직여 정애의 머릿속을 유영하고 다녔다.

정애가 아모르를 처음 만난 건 부동산 중개소에서였다. 왜소한 체구에 가무잡잡한 피부의 여자가 앉아 있었다. 부동산 사장이 집주인이라고 소개를 하자 고개를 들어 정애를 올려다보았다.

"왜 외국인이라는 말을 하지 않았어요? 말도 잘 통하지 않아서 싫다고 했었는데."

정애가 부동산 중개소 사장을 쳐다보며 입을 한쪽 손으로 반쯤 가리고 작은 소리로 말했다.

아모르는 먼저 사모님이라는 호칭을 붙이고 한국말 할 줄 안다며 미소를 띠었다. 어눌했지만 동정심을 유발하기엔 충분했다. 사모님? 정애는 속으로 피식 웃었다. 부동산중개소 사장은 아모르가 직업이 확실한 영어학원 강사이고 혼자 사니까 걱정 끼칠 일은 없을 거라고 말했다. 특히 필리핀 사람들은 다른 나라 사람들보다 깔끔하다고 덧붙이며 정애에게 은근히 압력을 가했다. 그래도 인상은 착해 보이네. 영어를 할 줄 아니까 급하면 단어만으로도 소통하면 되겠고…… 하면서 정애는 어느새 스스로를 설득하고 있었다.

"결혼했나요? 비상시에 연락할 사람은 있어요?"

필리핀 여자가 왜 혼자 서울에서 사는지, 살면서 말썽이 생길 가능성이 있는 사람인지를 알아보려는 간접적인 질문이었다.

약혼한 남자는 필리핀에 있고, 비상시에는 학원으로 연락하면 된다고 했다. 약혼자까지 있는 30살의 여자가 혼자 낯선 외국에 온 사정에 대해 생각하다가 정애는 오래전 유학을 떠나면서 헤어진 남자친구를 떠올렸다. 가난한 남자친구는 기다려 달라거나 같이 가자는 말을 하지 못했고, 매달리기엔 그녀의 자존심이 허락하지 않았다. 평생 결혼하지 못할 거라는 걸 그때 알았더라면 달라졌을까? 정애는 머리를 흔들어 생각을 털어냈다. 아모르는 한국 사람들이 처음에 만나면 궁금해 하는 인적사항을 서툴지만 또박또박 말했다. 대학에서 심리학을 전공했고 필리핀 클락이 고향이며, 그곳에는 한국 사람이 많이 살고 있고 한국인이 운영하는 골프장에서 근무했었다는 걸 강조했다.

그 후 1년 가까이 살면서 아모르는 별 문제를 일으키지 않았다. 그런데 계약 만기가 채 되지 않았는데 아모르가 이사를 가야한다며 보증금을 줄 수 있냐고 전화로 물었다. 보증금은 만기일이 되어야 줄 수 있고, 그전에 나가겠다면 부동산 중개소에 내놓아서 새로운 세입자를 구해야한다고 말했다. 아모르는 집에 들어와서 보느냐고 물었다. 당연히 그래야 한다고 하자, 청소를 해야 한다며 사흘 후에 부동산에 내놓아 달라고 했다.

이사를 가겠다는 아모르의 전화를 받은 다음부터 정애는 불면증이 시작되었다. 아모르를 내보내고 새로운 세입자를 들이면 되는 간단한 일이었다. 세입자가 나가고 들어오는 일은 자주 일어나는 일이다. 때로는 쉽고 간단하게 때로는 복잡하고 어렵게. 정애는 늘 힘들었던 상황만 기억한다. 정애에게 힘든 일이 다른 사람에게도 힘든 일이라고 할 수는 없다. 50대의 싱글인 정애에게는 사람들을 상대하는 것이 매번 긴장되고 신경이 쓰인다. 정애는 엄마라면 어떻게 했을까 상상해 보았다. 사실 정애가 사는 낡은 주택은 정애의 엄마가 살던 집이었다. 정애의 엄마는 오래된 주택을 개조해서 원룸 5개를 만들었다. 원룸 2개의 전세금으로 집 수리비용을 해결했고 3개의 원룸에서 나오는 월세는 생활비로 썼다. 번듯한 건물의 원룸과 비교할 수 없을 만큼 허름한 주택이라 저렴한 월세 집을 원하는 사람들에게 적합한 곳이었다.

과외방을 그만둔 정애가 돌아갈 곳은 엄마의 집밖에 없었다. 그리고 잠깐 동안 모녀는 서로에게 기대서 평안한 시간을 보냈다. 너무 짧아서 잊히지 않고 다시 오지 않을 시간이라 아쉬움이 더 크지만. 평소처럼 바닥에 앉다가 한쪽 다리의 힘이 살짝 풀려 주저앉았다. 일상에서 빈번히 일어날 수 있는 대수롭지 않은 사소한 낙상이었는데 정애의 엄마는 고관절이 으스러졌다. 노인들의 가장 많은 사고가 골다공증에 따른 고관절부상이라는 걸 정애는 그때서야 알았다. 수술이 잘 되었다는 의사의 말은 수술은 잘 되었지만 수술 후는 보장하지 못한다는 뜻이 내포되어 있음 또한 처음 알게 되었다. 2주정도면 퇴원할수 있을 거라던 의사의 말이 집이 아닌 요양병원으로의 퇴원이될 줄 의사도 알았을까? 그렇게 시작된 입원생활은 치매증상까지 추가되어 퇴원은 기약할 수 없게 되었다. 그래서 정애의 엄마가 개조해 놓은 원룸 5개의 관리는 고스란히 정애의 몫이 되었다. 요양병원비를 감당해야 했기 때문에 선택의 여지가 없었다. 아이들에게 과외를 가르치며 살던 때가 정애에게는 가장행복한 시간이었다. 아무리 다루기 힘들다고 해도 가끔 피자나아이스크림 같은 달콤한 미끼로 제어되는 아직은 순진한 아이들이 좋았다. 그때를 떠올리자, 뒷덜미를 타고 피가 치솟는 것같았다. 그놈 때문이었다.

정애는 지난밤에 옥탑 원룸에 사는 아모르에게서 이사 가겠다는 전화를 받고, 옥탑에 올라가봐야겠다는 생각이 들었다. 옥탑으로 올라가는 계단 옆에 누군가 버린 쓰레기가 눈에 들어왔다. 쓰레기를 정리하는 것은 정애에게 중요한 일중 하나이다. 제대로 정리가 되지 않은 쓰레기에는 지나다니는 사람들이 버리는 것까지 더해져서 눈 깜짝할 사이에 쓰레기가 늘어난다. 그렇게 만들지 않으려면 수시로 정리를 해야 한다. 쓰레기를 정리하고 아모르가 사는 곳으로 올라갔다. 아모르가 사는 원룸 앞에는 2평 남짓한 마당이 딸려있다. 원룸 문으로 무언가 흘러나왔는지 바닥에 얼룩이 있었다. 정애는 쪼그리고 앉아 손가락으로 문질러 냄새를 맡아보았지만 알 수가 없었다. 무릎을 꿇고 바닥에 코를 바짝 대보았다. 이미 날아가 버린 건지 냄새는 나지 않았다. 문틈에 코를 대고 냄새가 나는지 확인해 보았다. 집중해야 느낄 수 있을 만큼 약하게 풍겨 나왔다. 한 가지 종류가 아니라 섞여있는 것 같았다. 냄새에 예민한 것과 섞여있는 냄새를 구분해 내는 건 달랐다. 그나마 확실하게 알 수 있는 건 락스 냄새뿐이었다. 화장실 창문이 열려있는 게 보였다. 하지만 높아서 정애의 키로는 어림없었다. 키가 큰 사람에게는 아주 사소한 일일 테지만 그녀에게는 가능하지 않은 일이었다. 정애는 유독 자신에게만 불가능한 일이 많다고 생각한다. 죽기 살기로 매달려도 이루지 못하는 그녀 옆에서 너무도 쉽게 이루어내는 이들에게 느끼는 열등감 때문에 힘들었던 시절도 있었다. 그러나 그것조차 삶에 대한 의욕이 있던 과거 한때의 일이고, 그러한 에너지조차 바닥을 드러낸 지 오래되었다. 화장실 창문 안쪽을 들여다보려 아등바등 대다가 힘만 뺀 채 출근시간에 쫓겨서 포기하고 1층으로 내려왔다. 허둥지둥 올라 탄 버스의 앞좌석 여자에게서 락스 냄새보다 더 강한 향수냄새가 바람을 타고 빠르게 날아 정애의 코로 들어갔다. 정애는 냄새를 맡지 않기 위해 손으로 입과 코를 막고 숨을 참았다. 그것도 잠시, 참았던 숨을 내뱉는 순간 구역질이 올라왔다. 옆 사람의 찡그린 시선이 느껴졌다. 그녀는 할 수 없이 버스에서 내려서 학원까지 걸었다. 뇌에 인식된 냄새를 제거하려고 일부러 가슴을 들썩이며 숨을 크게 쉬었다. 버스에는 열댓 명이 타고 있었지만 향수냄새 때문에 하차한 사람은 정애뿐이었다.

"수업 한 타임도 안했는데, 왜 그렇게 지쳐 보여요?"
학원 원장은 눈동자를 예리하게 움직이며 정애를 위아래로 훑었다. 농담처럼 나긋나긋하게 물었지만 그런 몰골로 수업하면 애들이 좋아하겠느냐는 원장의 속마음을 정애는 읽을 수 있었다. 고등학생에게 수학만 가르치는 학원이었다. 말이 학원이지 과외방과 비슷한 규모였다. 소수로 가르치는 곳이라 강의실만 달랑 두 개 있고, 강사는 40대 중반쯤으로 보이는 여자원장과 정애뿐이지만 원장의 입담과 엄마들의 입소문으로 유지되고 있었다. 수학 과외방을 그만두고 정애가 할 수 있는 일은 역시 수학을 가르치는 일뿐이었다. 20년이 넘게 수학만 가르치고 해마다 수능 수학을 푼 실력의 정애를 원장은 당연히 마음에 들어 했다. 정애는 강의만 5시간 하는 조건으로 취직을 했다. 처음 만났을 때 원장은 정애의 외모와 이력서의 인적사항을 번

같아 보았다. 흔히 겪는 일이라 정애는 개의치 않았다. 원장은 왜 싱글인지 묻지 않고, 자신은 이혼녀라고 소개했다. 정애는 그 당당함이 부러웠다. 그러나 그녀가 늘 밝아 보이는 건 의도된 연출임을 금방 알아차렸다. 그들만의 촉이라고 할까. 정애가 가끔 불면증에 시달려 충혈된 눈으로 돌아다니자, 원장은 최면치료를 몇 번 권했었다. 자신도 치료를 받고나서 좋아졌다면서. 그럼 그렇지, 너도 이혼녀로 살아가는 것이 녹록지 않구나 짐작했다. 그래도 오십대 미혼으로 살아가는 것 보다는 나을 것 같았다. 정애는 차라리 이혼녀라고 불리고 싶었던 적이 많았다. 사람들은 미혼이라고 하면 눈을 휘둥그레 하며 "왜?" 하지만 이혼녀라고 하면 충분히 이해한다는 투로 "그랬구나." 한다.

별로 내키지는 않았지만 거듭된 원장의 호의를 거절하는 것도 예의가 아닌 것 같아 정애는 딱 부러지게 거절하지 못했다. 말은 호의였지만 학원 운영에 지장을 줄까봐 염려하는 걸 알기 때문이었다. 그래서 치료를 강요하지 않는다는 말까지 듣고서야 몇 달 전에 따라나섰다. 안내데스크의 여직원이 1시간정도 기다려야 한다고 했다. 두 사람은 1층에 있는 카페로 내려갔다. 말없이 각자가 주문한 커피의 맛을 음미하는데 열중하고 있다가

"결혼을 유지할 수 없는 분명한 사유가 있어야만 이혼하는

건 줄 알았어요. 내가 이혼하기 전까지는."

원장이 지나가는 말처럼 내뱉었다. 정애는 원장의 얼굴을 건너다보았다. 이럴 때 무슨 말을 해야 할지 몰라 머뭇대는 건 그녀가 결혼을 해보지 않아서 일지도 모른다. 말 대신 커피를 한 모금 마시며 그 다음 말을 들을 준비가 되어 있다는 자세를 취했다.

"남편은 사람들이 부러워하는 대기업에 다녔어요. 연봉도 성과급도 많았지만 대신 야근을 밥 먹듯 해야 되는 회사요. 대충 어딘지 아시겠죠? 나도 대형 입시학원 강사여서 매일 12시가 넘어야 퇴근이 가능했어요. 연애할 때는 서로 자신의 일을 열심히 하는 모습에 좋은 감정을 가졌는데…… 연애와 결혼은 달랐던 거죠. 자기주장이 강한 것도 결혼 전에는 멋있었는데, 결혼생활에는 큰 장애더라고요. 결혼은 끊임없는 인내와 배려로 유지되는 걸 몰랐던 거죠. ……지금 다시 생각해봐도 너무 철이 없었어요. 토론하고 대화하는 게 잘 맞는다고 생각했었는데, 옳고 그름만 따지게 되더라고요. 내가 맞고 상대가 틀린 거 같고요. 그러다가 지치니까 부딪치기 싫어서 문제가 생겨도 자꾸만 피한 거죠. 어느 날 돌아보니까 쇼윈도우 부부로 살고 있었어요. 희한하게도 생각이 일치한 부분이 이혼하자는 것이었어요. 서로를 죽도록 원망하기 전에 이성적으로 이혼하자고. 친구처럼 지내자고 했지만 우리가 그 정도로 쿨한 인간은 못되더라고요."

커피는 이미 바닥을 드러냈지만 정애는 계속 잔을 들고 마시는 척 했다. 원장의 얼굴표정을 보고 싶지 않았다. 자신보다 어린 원장의 고백을 감당하지 못하고, 적절한 조언이나 위로의 말을 찾지 못하는 자신이 실망스러웠다. 슬쩍 핸드폰을 들여다보며 시간을 확인하자, 원장이 먼저 올라가자고 말했다. 방금까지 시무룩했던 얼굴은 언제 그랬냐는 듯 환하게 포장을 하며.

현대인은 스트레스나 과거 부정적인 기억들이 화를 불러내고 문제를 일으켜 분노조절장애를 겪습니다. 이것을 타고난 성향이라고 보는 것은 잘못된 생각입니다. 무의식에 내재 되어 있던 과거 기억을 없애거나 편집해 줌으로써 불안감을 제거하고, 감정을 조절하는 효과를 가져 올 수 있습니다. 기억을 머릿속에서 완전히 도려낼 수는 없어도 고통에서 벗어 날 수는 있다는 것입니다.

불안과 분노조절장애 최면치유는 자신이 감정의 주도권을 가지고 여유롭고 편안하게 생활할 수 있도록 교정해 주는 것입니다. 특히 우울증, 불안증, 공포증, 공황장애 등에 효과가 높습니다.

대기실에 붙어있는 안내문은 상당히 유혹적이었다. 상담만 받아 보리라던 처음 생각과 달리 어느새 정애는 치료실로 들어가고 있었다. 커다란 마사지 의자와 비슷하게 생긴 의자에 뒤로 조금 제껴 앉았다. 원래는 첫 진료부터 최면 치료를 하지 않는다고 했지만 학원 원장의 부탁이 있었던 것 같았다. "경험만 해본다는 생각하고 편하게 하세요." 그러나 정애의 심장은 의지와 상관없이 불규칙하게 뛰었다. 치료가 잘 안 될까봐서가 아니었다. 자신의 의지와 상관없이 의사가 이끄는 대로 말할 것 같은 두려움이 더 컸다. 일어나서 나가고 싶었지만 이상하게도 마음과 달리 몸은 의자에 붙어 버린 것 같이 움직여지지 않았다. 의사는 정애의 마음을 읽었는지 최면에 대한 오해로 불안과 두려움이 있으면 치료에 들어갈 수 없다며 화제를 돌려 몇 가지 질문을 했다. 최면상태라고 해서 완전 무의식 상태는 아니라는 설명에 정애의 심박동수가 조금씩 안정을 찾았다. 신호에 따라 최면에 들어가고 나가게 된다면서, 그 신호를 '레드썬'으로 하겠다고 했다. 그건 최면에 들어가고 나가는 신호 같은 것이었다. 레드썬 반복하는 소리를 세 번째까지 들었을까? 그리고 시간이 흘렀고 다시 레드썬이 들렸을 때 정애는 최면에서 빠져나왔다. 그때 들었던 레드썬은 마치 괜찮아, 괜찮아 같았다. 머릿속은 뿌연 안개 속이었고, 몸이 무거워 쉽게 일어날 수 없었다. 눈물을 흘렸었는지 눈가가 축촉하고 침을 삼키자 목이 아팠다. 기억이 팔려나간 것처럼 허허로웠다. 의사는 한

동안 정애에게 아무런 지시도 하지 않고 내버려 두었다. 아마
도 그날 그놈 일을 꺼냈을 것이다.

한 달 가까이 욕실의 세면대 밑에서 물이 새고 있었다. 학생
들이 사용할 때마다 쫓아가서 잠가 둔 메인 밸브를 열어 주기
가 번거로웠다. 스스로 해결해 보려고 공구를 사다가 애써보았
지만 며칠간은 나아진 듯 보이다가도 다시 새는 일이 반복되었
다. 집주인이 해결해 주지도 않을 것이 분명하지만 정애는 처
음부터 말할 생각조차 하지 않았었다. 계약 만기가 얼마 남지
않았는데 괜히 긁어 부스럼을 낼까 싶어서였다. 전세금은 정애
가 돈을 모으는 속도보다 항상 빠르게 올라갔기 때문이다. 정
애는 망설이다가 관리실에 전화를 걸어 사정을 이야기했다. 직
원은 길게 듣고 싶지 않은지 형식적인 목소리로 기사를 보내겠
다는 말만하고 전화를 끊었다. 그러나 기사는 쉬 오지 않았고
몇 번을 반복해서 전화를 한 뒤에야 왔다. 허름하게 입어서 그
렇지 정애보다 나이가 많을 것 같지는 않아 보였다. 정애는 집
에 낯선 사람 특히 남자가 들어오는 게 싫어서 웬만하면 고치
지 않고 살았다. 배수가 시원스럽게 되지 않아도 배수구 세정
제를 들이붓는 걸로 대신했다. 다용도실의 형광등이 깜박여서
전구를 새로 갈아도 마찬가지였을 때, 정애는 아예 다용도실의
불을 켜지 않고 주방 쪽에서 비춰지는 희미한 불빛으로 불편을

170

감수했었다. 정애는 욕실 밖에서 수리기사에게 물이 새는 부분을 손가락으로 가리키며 설명했다. 수리기사는 알아들었는지 욕실 바닥에 앉아 공구를 꺼냈다. 타일에 공구 닿는 소리만이 잠깐씩 집안의 침묵을 깼다. 정애는 방으로 들어갔다 나오기를 반복하다가 주방으로 가서 물을 끓였다. 가장 자연스러운 행동이라는 판단을 내린 것이다. 커피와 깎은 사과 서너 쪽을 작은 쟁반에 담아 욕실 안쪽에 놓았다. "드시면서 하세요. 아파트가 오래되니까 고쳐 달라는 집이 많지요? 고생이 많으시겠어요." 어색함 피하기 위해 정애가 가볍게 말을 걸자 수리 기사도 웃음기 띤 얼굴로 "고치는 거 한번 보시고 다음부터는 남편에게 고쳐달라고 하세요. 어렵지 않아요." 잠깐 방심한 정애가 남편은 없으니 나한테 가르쳐 주라며 웃었다. 실수였다. 수리기사의 말투가 조금씩 예의를 벗어나 걸쭉하게 바뀌고, 입 꼬리만 상냥하게 올라가던 웃음이 이빨이 드러나는 음흉한 표정으로 변하고 더 진한 농담을 던졌다.

"외로우시겠네. 수리하러 다녀보면 이 아파트단지에도 혼자 사는 분들이 꽤 있더라고요. 내가 가끔 말동무해주는 분들도 있는데…… 어때요? 과외선생님이라 그랬죠? 선생님도 필요 하면 친구해 드릴까? 외로운 사람들끼리 좋잖아요?"

정애는 자신의 입을 찢고 싶었다. 어쩌자고 남편 없다는 말을 했을까. 당황한 정애의 얼굴이 벌게지고 식은땀이 흘렀다.

그러나 내색하지 않고 평정심을 유지하기 위해 안간힘을 썼다. 반면에 세면기 밑에 쪼그리고 앉아 일을 하는 수리기사의 몸은 노동과 욕정으로 열기를 내뿜으며 땀범벅이 되어갔다.

"다됐어요. 확인해보세요."

머뭇대면 더 이상해질 것 같아 정애는 욕실에 들어가지 않고 허리를 숙여 수리기사가 가리키는 곳을 보았다. 수리기사는 물이 묻어나는지 손으로 만져서 확인해보라고 했다. 할 수 없이 벽에 바짝 붙어서 들어가 대충 손가락을 대어보고는 괜찮은 것 같다면 문 쪽으로 몸을 돌렸다. 남자의 땀 냄새에 인상을 찡그리는 찰라, 불쾌한 열기가 정애의 얼굴을 덮쳤다. 휘청하며 거꾸러진 그녀는 손에 잡히는 것이 무엇인지도 모른 채 남자의 머리를 힘껏 쳤다. 요란한 소리가 났다. 정애에게 밀착된 남자의 몸에서 잠시 힘이 줄었다. 온몸을 버둥대며 밀어내자 남자는 문 쪽으로 휘청하며 넘어졌다. 그녀는 소리를 질렀다. 그러나 너무 놀란 탓일까 온힘을 다해도 소리는 입 밖으로 나오지 않았다. 그 사이에 남자는 다시 정애의 몸을 두 팔로 당겼다. 이미 욕정에 휩싸인 남자의 육체는 브레이크가 풀린 자동차 같았고 정애는 마네킹처럼 굳어갔다. 쇳덩이만큼 무거운 욕정의 무게에 깔린 정애는 분노와 수치심에 떨었다. 불쾌한 흔적이 끈적끈적하게 바닥을 나뒹굴었다. 공구도 제대로 챙기지 못한 채 수리기사가 허둥지둥 집을 나갔다. 현관문이 잠기는 소리를 듣고 보조키를 잠가야 한다는 생각을 했지만 정애의 몸은 움직여지지 않았다. 과외수업 받으러 온 아이들이 인터폰을 연속해서 누르다가 목소리를 높여 선생님을 부르며 문을 두드릴 때까지 정애는 움직일 수 없었다. 그날 수업이 어떻게 진행되었는지는 나중에도 기억하지 못했다. 시간이 지난 후에도 정애는 그날 일을 온전히 떠올려보지 못했다. 다만 왜 그날 베란다 창으로 뛰어 내리지 못했을까 하는 생각을 했었다. 아마도 그건 아이들 때문이었을 것 같았다. 과외는 그만두었고 재계약하지 않고 그곳을 떠났다.

정애는 최면센터에 다시 가지 않았다. 반복적인 치료로 나아질 수 있다고 해도 그 시작은 시간이 더 흐른 뒤에나 가능할 것 같았다. 그러나 소득이 없었던 것은 아니었다. 불면으로 고통받던 어느 날 밤, 문득 떠오른 레드썬을 주문처럼 반복해 보았다. 그러자 불안한 맥박이 안정을 찾고 잡다한 생각들과 조금은 거리가 생기는 느낌이 들었다. 기분만 그런 것이라 해도 상관없었다. 이것이든 저것이든 실체가 없기는 마찬가지니까.

아모르가 이사 가겠다고 한 다음부터 정애는 스트레스에 시달렸다. 5시간 수업을 마치고 퇴근하는 그 순간부터 그녀의 걱정이 출근했다. 걱정은 지각도 결근도 없이 성실했다. 소셜포

비아, 사회적 공포중 중에서 대인공포증세였다. 과외를 그만두고 그녀는 딱 한번 신경정신과를 찾았었다. 외출이 힘들 정도로 사람들을 만나는 것이 두렵고 힘들었기 때문이었다. 상담 후에 의사는 가볍게 말했다.

"질병이라기보다는 증후군이니 심각하게 생각하지 마세요. 심각하게 생각하니까 더 심각한 증상이 보이는 겁니다. 이 정도는 누구나 잠깐씩 겪고 있고 또 겪을 수 있어요. 가능한 한 가볍게 여기세요. 그러면 괜찮아질 겁니다. 나아지지 않으면 다시 오세요. 약을 처방해드릴게요."

그러나 정애는 속으로 의사의 말을 의심하고 있었다. 의사가 증후군이라고 했지만 스스로 병이 되어 정애의 몸에 착 달라붙어버린 느낌이 들었다. 의사는 환경을 바꿔보는 것도 좋은 방법이라고 했다. 정애가 엄마의 집으로 이사를 하고 정애의 환경이 자연스럽게 바뀌었다. 엄마의 그늘아래서 아무 것도 신경쓰지 않고 수학 강의만 하러 다니자 심신이 안정되었는지 아무런 증상도 보이지 않았다. 안정된 상태가 깨어지지 않도록 살얼음판 디디듯 조심조심 살았다.

아모르의 전화를 받은 지 2일째 되는 날 밤, 정애는 아모르와 마주쳤다. 아모르는 천으로 만든 커다란 가방을 메고 나가는 중이었다, 정애의 눈치를 살피던 아모르는 눈을 동그랗게 뜨고 "사모님 왜요?" 했다. 평소처럼 상냥하게 '님'을 살짝 올려서 말하지 않고 밑으로 내려서 짧게.

"으응, 물새는 곳이 있는지 보려고요. 수돗물 사용량이 갑자기 2배 이상 늘었다고 검침원이 확인해 보라고 문자가 와서요."

정애는 아모르가 멘 가방에 손을 대며 어디 가는데 이렇게 큰 가방을 멨느냐고 물었다. 별거 아니라며 아모르가 정애의 손에서 가방이 멀어지도록 몸을 돌렸다. 수돗물 사용량이 갑자기 늘었다는 정애의 말에 아모르의 표정이 변하는 걸 정애는 알아채지 못했다. 각 세대의 양변기를 확인해 봐야겠다고 생각하며 정애는 방으로 돌아왔다. 문득 가방을 만졌던 손바닥을 펴보았다. 가늠되지 않는 감각이 남아 있었다. 무엇이었을까? 궁금증은 점점 부풀어 올랐지만 더 이상은 알 도리가 없었다. 부드러운 곡선의 느낌이었다는 것 밖에는.

아모르가 요청했던 3일째 날 아침이 되었다.

"내일, 부동산, 원룸 보러 가요."

정애는 아모르가 이해할 수 있도록 최대한 간단하게 문자를 보냈다.

"please more 1 day. 부탁해요. 사모님, 죄송해요."

단어를 나열한 것에 불과하지만 뜻은 통하는 문자가 왔다.

단호하게 안 된다고 하고 싶었지만 정애는 아모르에게서 필리핀에서 만난 야박한 한국 사람에 대해서 들었던 것이 떠올라서 그만두었다.

필리핀에 다녀온 아모르가 말린 두리안 한 봉지를 정애에게 준 적이 있었다. 필리핀 특산물이라고 아모르가 몇 번이나 강조했지만 구리구리한 냄새가 났다. 웃으며 정면으로 쳐다보는데 싫다고 할 수가 없어서 두리안을 입에 넣었다. 두 번은 먹고 싶지 않은 맛이었다. 정애는 아모르에게 공과금 고지서 주겠다고 기다리라고 하고 집안으로 들어와서 물로 입안을 헹궜다. 고지서를 건네주며 입을 헹군 것이 켕겨서 필리핀 잘 다녀왔냐고 인사를 했다. 돈을 많이 못 주고 와서 별로 안 좋았다면서 아모르가 웃었다. 돈 이야기는 될 수 있으면 피하는 한국 사람과 달랐다. 6남매 중 유일하게 대학교육의 혜택을 받은 아모르는 가족에 대한 책임을 져야한다고 말했다.

"한국은 공과금내기도 참 편리해요. 필리핀에서는 은행 직원이 마을에 와서 받아요. 줄을 서서 기다려서 내니까 시간도 오래 걸리고요."

이해를 못한 정애는 왜 그러느냐고 물었다.

"글을 몰라서 그렇죠. 전기요금을 내려고 길게 줄 서있는 걸 보고 한국 사람들은 필리핀 사람을 무시했어요. 한국 사람들은 똑똑하고 대단해요. 필리핀 사람들도 인정해요. 그런데요, 한국인 골프장에 취직하러 친구와 함께 갔었는데 친구는 타갈로그만 할 줄 알고, 나는 영어가 가능해서 나만 취직이 됐어요. 청소라도 하겠다고 했는데 친구를 무시하며 거절해서 너무 불쾌해 했어요. 한국 사람들은 필리핀 사람을 정말 많이 무시해요. 그러나 사모님은 좋은 사람 같아요."

아모르의 사회성에 대해 정애가 잠깐 생각하는 사이 가볍게 한숨을 쉬며 아모르는

"잘 모르고 취업을 했는데, 종교단체에서 운영하는 영어학원이라 월급이 아주 적어요. 옮기고 싶은데 학원에서 필리핀 영어강사는 좋아하지 않아요. 그래서 주말에 식당에서 서빙 일을 했어요. 그런데 남자손님들이 손을 잡고, 몸을 만지고 그러는 거예요. 그래서 그만뒀어요. 한국 남자들 나빠요."

곧 다른 일을 할 거라고 했다.

"어떤 일인데요?"

"타투학원에서 실습한 마네킹을 다시 사용할 수 있도록 세척하는 일이에요."

마네킹 세척에 화학세제가 필요하고 물을 많이 사용해야 하는지 정애는 몰랐다. 지쳐 보이는 아모르가 안쓰럽다는 생각을 먼저 했다. 사람이 사람을 상대하는 것이 힘든 세상에서 살고 있기는 정애나 아모르나 마찬가지였다.

낯선 남자와 집을 나간 밤 이후로 아모르가 보이지 않았다. 아모르가 기다려달라고 부탁했던 기간이 지났다. 하루에도 몇 번씩 아모르의 원룸에 올라가보고, 전화를 걸었지만 소용이 없었다. 잠을 제대로 자지 못해서 몸이 무거웠다. 정애는 두 손으로 난간을 잡고 억지로 다리를 끌어올려 또 계단을 올라갔다. 아모르의 원룸 문 입구는 아무런 변화가 없었다. 정애는 바닥에 주저앉았다. 평소에 피해 다니던 자외선도 아랑곳하지 않고 늘어져 있었다. 남쪽에서 내리쬐던 해가 서쪽으로 돌아 뉘엿뉘엿 지려하더니 순식간에 꼴깍 넘어갔다. 인내심이 바닥나 버린 정애는 자신의 방으로 돌아와 비상키를 넣어둔 상자를 뒤집어 쏟았다. 평소 같으면 하나씩 집어서 확인했을 테지만 정애도 제정신이 아니었다.

두 팔과 다리로 기다시피 계단을 오르는 정애의 손안에 들어 있는 비상키가 계단에 닿을 때마다 차가운 소리를 냈다. 아모르의 원룸 앞에 도착했다. 정애는 바로 문을 열지 못하고 서성거렸다. 얼마나 꽉 쥐고 있었는지 열쇠가 따뜻했다. 세입자의 집을 함부로 들어가면 안 되는 상식을 어기는 일이었기 때문이다. 마침내 두 손으로 열쇠를 부여잡고 구멍에 꽂았다. 그러나 손이 떨려 열쇠와 구멍이 자꾸만 어긋났다. 몇 번을 반복하고 나서야 열쇠가 구멍으로 들어갔다. 정애는 두 손으로 잡은 문고리를 돌려 열지 못하고 몇 번이나 숨을 몰아쉬었다. 심장이 터질 것같이 세차게 뛰었다. 문을 반쯤 열고 조심스레 머리만 먼저 들여보내고 눈동자를 움직였다. 깜깜한 곳에 갑자기 들어간 눈동자는 아직 동공이 열리지 않아서 아무것도 보이지 않았다. 두려움에 정애의 몸이 덜덜 떨렸다. 만약을 대비해 오른쪽 다리만 실내에 들여 넣고 왼손으로 문고리를 잡은 채 오른 손을 뻗어 시야를 확보하며 스위치를 찾으려고 더듬거렸다. 조여졌던 동공이 서서히 열리면서 희미하게나마 보이기 시작했다. 오른손가락 끝에 알 수 없는 물체가 닿았다. 놀라서 눈을 더 크게 떴다. 그때 입을 크게 벌린 채 홀딱 벗은 사람이 정애를 향해 스르르 다가왔다. 아직 실내로 들어오지 못한 정애의 왼쪽 다리가 공중을 날아 걷어차면서 정애가 넘어지고, 그녀의 몸 위로 벌거벗은 사람이 덮치는 순간, 아파트 수리 기사의 기억이 떠올랐다. 두 번 다시 당하지 않겠다는 듯 정애의 팔과 다리가 온 힘을 다해 허공을 휘저었다. 그때마다 무언가가 공중으로 날아가 부딪치고, 부서지는 굉음으로 귀가 멍멍했다. 두 팔을 휘두르다 휘두르다 정애는 정신을 잃었다.

아모르의 울부짖음이 정애를 깨웠다. 주저앉은 아모르는 마네킹 조각들을 부여잡고 울었다. 목이 부러진 채 크게 입을 벌리고 웃는 얼굴, 팔꿈치가 잘려나간 손, 조각난 두 다리 그리고 상처투성이의 몸통으로 널브러져 있었다. 어둠속에서 벌인 사투의 주인공은 마네킹이었던 것이다. 어이없게도 마네킹에게 이긴 정애는 상처뿐인 승자였다. 도구로서의 가치를 잃은 마네킹은 이제 버리는 것조차 돈을 내야하는 쓰레기였다.

"어뜨케요, 어뜨케. 이것만 갖다 주면 돈 다 받는데, 돈 물어주게 생겼네. 다리를 다쳐서 병원에 있었단 말이에요. 어뜨케요. 사모님, 어뜨케요."

아모르는 목발로 마네킹을 내려치며 점점 더 크게 울부짖었다.

－『2018 신예작가』

디아스포라의 꿈

무릎에 힘을 실어 공갈빵처럼 부푼 가방을 지그시 눌렀다. 그리고 지퍼가 벌어지지 않도록 손가락의 힘을 빼고 한 칸씩 천천히 채워나갔다. 마지막이라고 생각할 때 자칫 방심할 수 있어서 집중이 더 필요했다. 이마에 솟은 땀이 맺혀 있다가 툭 떨어졌다. 옆에 버티고 서서 내려다보고 있는 가방주인의 운동화에 자국을 내고 조금씩 번져 나갔다. 나의 불편한 속마음이 땀방울에 담겨 흔적이 남길 바랐다. 호텔 방 배정문제로 처음부터 나를 힘들게 했던 고객이었다. 이번 패키지 여행객들은 모두 조금씩 다른 문제로 힘이 들었다. 하긴 첫 단추가 어긋나면 쉽게 풀릴 일도 힘들게 마무리되곤 하는 경우가 많다. 농산물 매장은 일정상 들르는 곳이지만 군이 물건을 사야하는 건 아니다. 그런데 아줌마 여행객들은 검은깨와 목이버섯은 중국

산이 좋다며 꼭 사가야한다고 경쟁하듯 집어 들었다. 농산물은 부피가 크니 주의하라고 해도 소용없었다. 결국 출국하는 공항 바닥에서 가방을 풀고, 나는 규정 무게와 부피에 맞도록 짐을 분류해 주었다. 가이드 매뉴얼 어디에도 없지만 가이드 일이 아닌 것도 아니다. 마침내 컨베이어 벨트에 마지막 가방을 올렸다. 온 몸을 휘감았던 무게가 단번에 빠져나가 휘청할 뻔 했다. 기회가 되면 또 보자는 빈말을 하며 악수를 나눴다. 박 사장과도 악수를 했지만, 나는 그의 손을 놓지 못하고 오히려 잡은 손에 더 힘을 주었다. 박 사장이 당황했는지 크게 팔을 흔드는척하며 손을 뺐다. 서로 신뢰를 운운할 사이는 아니지만 믿음이 가는 한 마디를 듣고 싶었다. 박 사장이 돌아서려는 순간, 나는 앞니를 드러내 의치에 혀를 대었다. 그가 내 의치를 의식하도록.

"걱정하지 마시오. 내가 어떻게든 당신 쌍둥이 형을 찾을 테니. 기다려요."

"감사합니다. 감사합니다. 부탁드립니다. 꼭 좀 찾아주세요."

기다리라는 것이 믿으라는 건 아니어서 나는 입이 탔다. 그래도 어쩔 수 없었다. 박 사장에게 다시 한 번 내 전화번호를 확인시키고 나서, 여행객들을 출국장으로 들여보냈다. 그리고 한참을 서 있었다. 만일에 대비하는 나만의 의식이었지만, 그것과 별개의 문제로 오늘은 발걸음이 떨어지지 않았다. 다행히도 되돌아 나오는 여행객은 없었다. 문제가 발생하지 않았음이 확인되자, 습관처럼 손이 주머니 속으로 들어가 담배를 찾았다.

나흘 전, 상하이 푸동공항에 도착한 여행객들을 인솔하고 호텔에 도착했는데, 방 배정에 문제가 생겼다. 잔뜩 인상을 찌푸린 여성 한명이 다리를 꼬고 앉아있고, 두 명은 서서 머리를 맞대고 수근 거렸다. 또 한 무리의 아줌마들은 이 상황과 아무 상관이 없는 듯 즐겁게 수다를 떨었고, 나란히 앉아 말없이 핸드폰만 들여다보는 중년남자와 여자는 부부 같았다. 불륜이라면 훨씬 사이가 좋아 보였을 것이다. 그런데 중년 남자는 왠지 낯이 익었다. 공항에서 처음 만났을 때도 그런 생각이 들었다. 혹시 여행객과 가이드로 만난 적이 있었나? 대수롭지 않게 생각했었다. 부부의 옆에는 할머니라 하기엔 젊고 아줌마로 불리기엔 좀 늙어 보이는 여성이 옆으로 돌아앉아서 입술을 삐죽거렸다.

"우리는 분명히 엑스트라 침대를 넣어서 3명이 한방을 쓰기로 이야기 했었고, 예약할 때 그렇게 해 주겠다고 했었어요. 모르는 사람과 어떻게 한방을 써요?"

호텔 직원은 2인1실로 예약이 되어 있다고 단칼에 잘랐다. 중국의 호텔에서 한국의 호텔과 같은 서비스는 기대했다면 큰 착각이다. 특히 한국관광객의 고객이 왕이라는 생각으로 하는 행동에 중국 호텔의 직원들은 눈도 깜짝하지 않았다. 한국의 호텔이었다면 어떻게든 잘 마무리 하려고 애를 썼을지도 모른다. 하지만 중국은 아직까지 견고한 사회주의 몸체이다. 서비스가 몸에 배지 않은 호텔 직원은 2인 1실이 싫으면 추가 비용을 내고 1인실을 사용하라고 말했다. 돈의 많고 적음보다 추가 비용을 내는 자체에 여행객은 예민하게 반응한다. 호텔도 여행객도 갑이니, 대접받기를 원하는 고객을 상대할 사람은 을의 입장인 가이드였다. 누구의 잘못인지 따져본들 뭘 할 것인가. 시간을 끌면 끌수록 여행 기간 내내 나만 피곤할 것이 분명하다. 엑스트라 침대를 넣는 추가비용을 가이드인 내가 부담하기로 하고 마무리를 지었다. 여행객들을 룸으로 안내하고 돌아서니 짜증이 났다. 추가 부담한 비용은 선택 관광을 통해 채워 넣어야 한다. 여행객들의 주머니에서 돈이 나오도록 잘 유도해서.

'찜질방에서는 모르는 사람들끼리 섞여서 잘도 자는 사람들이…….' 나도 모르게 중얼거렸다.

찜질방은 발 디딜 틈 없이 북적댔다. 나는 잘 곳이 없어서 왔지만 왜 집을 놔두고 찜질방에 와 있는지 이해가 되지 않았다. 우연히 친구들과의 대화 중에 찜질방의 모습이 이해하기 힘들었다고 하자 한 친구는 "문화의 차이야."라고 말했다. 다른 친구는 "그럴 지도 모르지."하고 너무나 쉽게 인정했다. 한창 찜질방 문화가 유행하던 시기였다는 건 나중에 알았다.

남녀노소가 아무렇지 않게 뒤섞여서 마치 제집 안방 같이 편한 자세로 누워 TV를 보거나, 자고 있는 찜질방의 풍경은 낯설다 못해 충격이었다. 소금방이라고 쓰여 있는 방에 들어갔다. 소금은 없고 하얀 돌멩이들이 수북 쌓여있었다. 얼굴에 수건을 덮은 채 하얀 돌멩이를 다리에 수북이 쌓아놓고 누워있는 사람들의 옆에 최대한 자연스럽게 누웠다. 돌멩이를 두 손 가득 담아 옆 사람처럼 다리위에 올렸다. 왜 그러고 있는 지도 모른 채. 이십대의 튼튼한 무릎 관절에는 아무 필요가 없는 행동이었다. 도로 일어나서 주위를 한번 둘러보고 돌멩이 하나를 혀에 대 보았다. 내가 아는 소금만큼은 아니어도 짜긴 짰다. 소금방 옆에는 더 작은 문이 달려 있었다. 몸을 최대한 숙이고 들어갔다가 숨이 막혀 화들짝 놀라 나오고 말았다. 불가마라고 쓰여 있는 걸 읽을 순 있었지만 의미까지 알지는 못했다. IMF로 권고휴직 당한 후 불법체류를 선택해서 서울에 온지 일주일밖에 안됐었다. 한국 사람과 같은 외모에 한국어로 대화하지만 내가 한국인일 수 없는, 한국인이 아닌 까닭이었다. 놀란 가슴을 쓸어내리고 들어간 방은 고기를 걸어 놓는 냉동고 같았다. 열기에 놀란 머리가 식으니 꼬챙이가 내 다리 한쪽을 돼지 뒷다리처럼 찍어서 달아 놓을 것 같은 착각이 들어서 머리카락이 쭈뼛 섰다. 찜질방에서 그나마 마음이 편한 곳은 벽에 진흙을 처덕처덕 발라 놓은 황토방이었다. 흙냄새가 나서 좋았다. 두 손으로 벽을 문질러 보았다. 거친 질감이 고향의 느낌 같았다. 나만 그렇게 느끼는 게 아니었는지 황토방에는 나와 비슷한 억양의 조선족들이 눈에 띄었다. 신념과 체제 때문에 떠돌아야 했던 과거와 달리 경제논리에 지배당한 자의적인 디아스포라들이었다.

칭따오에 있는 해양대학을 졸업할 때만 해도 내 미래는 핑크빛이었다. 졸업과 동시에 한국국적의 여객선에 3등 항해사로 취업했을 때 할아버지는 눈물을 흘리며 기뻐했다. 일찍 죽은 아들내외를 대신해 쌍둥이 손자를 키워낸 할아버지는 부모 없는 자식이라는 소리를 듣지 않게 하려고 애썼다. 하지만 기쁨이 오래가지는 못했다. 한국은 IMF 사태가 터졌고, 나는 1년 권고휴직을 당했다. 말이 권고휴직이지 강제휴직이었다. 그러나 학비와 생활비로 쓴 빚을 갚아야했기에 고향으로 돌아갈 수가 없었다. 선장이 가지고 있는 내 여권은 중국 항구에 도착해야만 내어 주게 되어 있었다. 밀입국이 두려웠지만 고민 끝에 나는 배에서 내리기로 결심을 굳혔다. 흔들리던 갑판에서의 여운 때문인지, 불안해서였는지 땅을 밟고 섰는데도 심한 멀미가 났다. 위액까지 게워내고 한국 땅에서 인연이 닿는 단 한사람, 친구의 아버지를 찾아갔다. 그는 두 가지 조언을 했다.

"고향을 물으면 강원도라 해라. 우리가 쓰는 사투리와 비슷하니까 말이다. 그리고 잠잘 곳이 없을 땐 찜질방을 찾아 가라."

할아버지가 아무 것도 모른 채 돌아가신 건 다행이었다.

비닐공장에 일자리가 났는데 할 수 있겠냐고 물었다. 선택의 여지가 없었기 때문이다. 하루 종일 화학약품 냄새 속에 있으니 머리가 아팠다. 비닐뭉치를 나르는 일도 힘들었다. 마른 몸은 비닐뭉치의 무게를 이기지 못하고 다리가 휘청댔다. 젊었으니 용기만 있으면 된다고 생각했지만 그것만으로 되지 않는 일도 많았다. 결국 나는 피를 토하며 쓰러졌다. 하지만 의료보험이 없으니 병원에 가지 못하고 컨테이너 기숙사에서 누군가 사다 준 약으로 버텼다. 겨우 몸을 추스른 후 전자기기 부품케이스를 만드는 사출공장으로 옮겼다. 비닐공장보다는 나았다. 그러나 그것도 잠시뿐, 한국정부의 대대적인 불법체류자 단속에 적발되었다. 밀입국을 결정할 때 긴 시간의 고민과 어려웠던 과정과는 달리 너무도 간단히 중국으로 추방되었고 나의 첫 번째 불법 체류자 신세는 끝이 났다. 자본주의가 몸에 밴 영리한 한국 사장은 월급을 떼어 먹진 않았다. 다만 잡다한 명목으로 공제하고 쥐꼬리만큼의 돈을 쥐어주었다. 감질나게 맛본 희망과 희망을 떼어난 고통이 쉽게 아물지 않았다. 딱히 누구에게랄 것도 없이 모두가, 모든 것이 야속했다.

할아버지는 늘 고향을 그리워했다. 3·1운동이 일어난 해에 가난한 집에서 태어나 보부상을 따라다니다가 독립 운동하는 사람의 심부름도 하게 되었다고 했었다. 그러다가 광복이 되있지만 빈손으로 고향으로 돌아갈 수 없어서 연변에 정착했다는 할아버지, 하지만 돈이 있는 사람들은 고향으로 돌아갔다고 했다. 가끔씩 낡은 상자를 열어 놓고 눈물짓던 할아버지는 죽기 전에 고향에 꼭 한번 가고 싶어 했었다. 나와 형이 한국에 가고 싶어 하는 것과는 다른 이유로.

한국에서 추방당한 후 연변에서 자리를 잡아보려고 노력했다. 하지만 어느 날부터인가 자고나면 동네 사람들이 사라졌다. 노인들에게 아이들을 맡기고 젊은 사람들은 수단과 방법을 가리지 않고 한국으로 떠나는 상황이 벌어지고 있었던 것이다.

연변에서보다 훨씬 많은 돈을 벌수 있다는 걸 알아버렸기 때문에 나도 어느새 다시 밀입국할 방법을 찾느라 혈안이 되어 있었다. 한국으로 다시 들어가서 돈을 벌고 다시 돌아와 자리 잡겠다는 생각 외에 다른 생각은 도통 나질 않았다. 브로커를 통해 생선 배 밑창에 실려서 짐짝과 함께 한국으로 가는 정보를 알아냈다. 쌍둥이 형도 가겠다고 나섰다. 둘이 되자 용기는 몇 배가 되었다. 불가능할 줄 알았던 돈 빌리는 일이 해결되자 한국으로 가는 날짜가 정해졌다. 지옥으로 가는 배가 있다면 그런 배가 아니었을까? 한번은 탔을망정 두 번은 타지 못할 배였다. 배 밑창은 세상 어디에서도 맡아보지 못할 냄새로 가득했다. 짐짝사이에 쪼그리고 앉은 나와 형은 바짝 붙어 앉았다. 엄마의 자궁 안에 있을 때처럼. 어릴 적엔 쌍둥이로 불리는 게 놀리는 것 같아 싫어서 일부러 따로 다닐 때도 있었다. 극한의 상황이 되자 함께여서 위로가 되었다. 조명도 없고 달빛조차 들어오지 못하는 밀폐공간이라 몇 명이나 앉아 있는지 알 수 없었고, 아무도 알려고 하지 않았다. 부패해 가는 생선비린내와 배의 진동 때문에 멀미가 났다. 구토를 하면 바다에 던져질지도 모른다는 두려움 때문에 입을 틀어막고 버텼다.

어둠이 푸르스름해지는 새벽 무렵 짐짝과 함께 어딘가에 내려졌다. 그나마 육지에 내려준 건 참으로 다행이었다. 무인도에 내려주기도 한다는 말을 들은 적이 있기 때문에. 생선들은 트럭에 실려 정해진 곳으로 떠났다. 형과 나는 서둘러 사람들의 눈에 띄지 않는 곳으로 몸을 피했고 동행했던 사람들이 모두 사라질 때까지 그곳을 떠나지 못했다. 다시 연변으로 돌아가는 날까지 함께하고 싶었지만 불법 체류자 신분으로 둘이 붙어있는 건 위험했다.

"호수 맞아요? 바다 같네. 정말 아름다워요."

월나라 미인 서시에 비유될 만큼 아름다운 항저우의 서호는 송나라 시인 소동파의 마음뿐만 아니라 여행객들의 마음도 단번에 사로잡았다. 일행별로 흩어졌다가 1시간 후 매표소 앞에 모이기로 했다. 단체 관광은 시간이 빠듯하고 서호는 워낙 넓어서 경험상 함께 움직이는 것보다 더 나은 방법이었다.

멀리 작은 배 한척이 물결위에서 춤을 추듯 일렁였다. 내 눈에도 눈물이 일렁였다. '물결에 닿아 반짝이는 햇살에 눈이 부서서 그런 거야.' 누가 물어본 것처럼 변명이 떠오르고, 형이 어떻게 지내는지 갑자기 궁금했다. 움찔거리는 입술 같아 보이는 물결의 일렁임에 귀를 기울였다. 그러나 나른해진 눈이 생각을 밀어내고, 잠에 못이긴 고개가 떨어지는 순간 깜짝 놀라 눈을 떴다. 얹힌 외로움의 무게만큼 내려앉은 어깨를 팔짱 낀 두 팔로 안은 채 터덜터덜 걸어오는 가장 연장자인 여성이 보였다.

왜 벌써 오시냐는 내 물음엔 답하지 않고 입을 삐죽였다. 특유의 버릇 같았다. 그다지 좋은 인상은 아니었다. 몇 명씩 어울려서 온 다른 여행객들은 혼자 여행 온 그녀에게 눈길은커녕 관심도 갖지 않았다. 그도 그럴 것이 공항에 늦게 도착해서 비행기를 타지 못할 뻔하는 바람에 다른 여행객들이 고생을 한 모양이었다. 그런데도 사과 한마디 없이 자신을 챙겨주기만 기다린다고 여행객들끼리 불평하는 걸 들었었다.

약속한 시간이 되었는데 아줌마들의 일행과 박 사장 부부가 나타나지 않았다. 불길한 예감일수록 맞아떨어질 확률이 높은 건 무슨 까닭일까. 스마트 폰은 남의 나라 여행지에서는 통화보다 카메라 기능이 더 많이 쓰인다. 아무도 전화를 받지 않고, 아무에게서도 전화가 오지 않았다. 로밍이 되어 있지 않기 때문이기도 한 것 같다. 선착장, 쇼핑거리를 샅샅이 뒤지고 다녔다. 등줄기에서 땀이 흘렀다. 이런 순간들 때문에 가이드들은 담배를 끊지 못한다. 혹시나 하고 약속 장소로 돌아왔지만 역시였다. 불안해하는 다른 여행객들에게 걱정하지 말라고 하고 호기 있게 돌아섰지만 속은 그 반대였다. 그리 멀리 가지 않았을 것은 분명했다. 심호흡을 하고 다시 여행사 깃발을 높이 들었다. 시간이 얼마나 흘렀을까, 전화벨이 울렸다. 출발시간이 지났다는 관광버스 기사의 독촉전화였다. 머리에서 부터 흘러

내린 땀 때문에 눈이 따가웠다. 다시 전화벨이 울렸다. 모르는 번호였지만 무조건 받았다. 공안이었다.

　여전히 여유로운 아줌마들과 박 사장 부부가 낯선 땅에서의 보호자인 나를 보자 반색했다. 아줌마 여행객들이 중국 돈 대신 대만 돈으로 바꿔치기하는 환전사기를 당할 뻔 했다는 내용이었다. 중국 백 위안과 대만 백 위안은 한국 돈으로 만원정도 차이가 난다. 그래서 길거리장사꾼들이 물건을 파는 척 하며, 감언이설로 정신을 빼놓고는 대만 돈으로 바꿔치기하는 수법이었다. 자세히 보면 차이를 알 수 있지만 외국인은 속기 쉬웠다. 마침 그 광경을 목격한 박 사장이 참견했고 남의 일에 상관하지 말라는 장사꾼과 시비가 붙었다고 했다. 길거리에서 뼈가 굵은 장사꾼이 호락호락할 리 없었다. 박 사장을 자극해 몸싸움이 벌어지도록 유도했을 것이다. 그때 중국경찰이 나타나 모두 공안으로 인솔된 것이다. 길거리장사꾼은 박 사장이 자신을 협박하고 때렸다고 말하고 있었다. 나는 얼른 중국경찰의 주머니에 지폐를 찔러 넣었다. 공안에서 조서를 어떻게 쓰느냐에 따라서 사건이 커질 수도 유야무야될 수도 있다. 이런 일일수록 시간을 끌지 말고 빨리 해결하는 것이 중요하다. 박 사장은 잘못한 것도 없는데 공안에 간 것이라며 투덜댔다.

나도 그렇게 말했었다. 나는 잘못이 없다고, 지금 박 사장에게는 내가 있지만, 그때 나에게는 아무도 없었다. 박 사장은 한국 땅이 아님을 깨달았는지 더 이상 말하지 않고 께름칙한 표정으로 내 뒤를 따라 나섰다. 내가 아니었다면 박 사장은 공안에서 쉽게 나올 수 없었을지도, 한국으로 추방되었을 지도 아니면 돌아가는데 시간이 오래 걸렸을지도 모른다. 그런 생각을 하자 속이 뒤틀렸다. 서로 금세 알아보지 못한 게 당연했다. 박 사장은 흰머리가 많이 생기고 앞머리가 벗겨져 조금 늙어 보였지만, 경제적으로 안정된 중년 남자의 모습이었다. 살쾡이 같던 눈빛은 부드럽게 변했다. 호전적이었던 말투도 듣기 좋은 톤으로 바뀌었다. 대꼬챙이 같던 나도 살집이 붙은 30대 후반이 되었다. 벌써 13년이 지났다.

한국 경찰서 유치장에 갇혀 있었던 날, 내가 뒷돈으로 쉽게 여행객을 풀어내듯 그들이 나를 풀려나게 하리라 믿었었다, 왜냐하면 나는 잘못이 없고, 지배인과 박 사장이 싸웠기 때문이었다. 고백하건데 그때 나는 무지하고 한심한 연변 촌뜨기였다. 3일 만에 추방당해 중국 땅에 내던져졌다. 형에게 연락을 취할 여유도 없을 만큼 너무나 순식간에 벌어진 일이었다. 한국경찰의 신속한 정보 통신망에 깜짝 놀랐다. 요즘도 인터넷이 안 돼서 고장신고를 하면 언제 수리하러 올지 알 수 없는 연변의 생활습관으로는 상상할 수 없는 일이었다.

식당에서의 지배인은 좋은 사람이었다. 적어도 나에게는. 서울에 도착한 후 형과는 따로 행동했다. 같이 있다가 잡혀서 두 사람 모두 추방당하는 것을 면하려는 생각이었다. 위로의 힘을 잃으니 더 힘들었다. 처음부터 혼자였던 것과 둘이었다가 혼자가 된 것은 확실히 달랐다.

옅은 고기 냄새가 코끝을 스치자 위장이 세차게 진저리를 쳤다. 몇 끼니를 걸렀는지 생각할 틈도 없이 본능적으로 몸이 끌려갔다. 유리문에 붙은 직원모집이라는 종이를 보았다. 그런데 손은 벌써 문을 열고 있었다. 사투리와 억양을 듣더니 고향이 어디냐고 물었다. 강원도라고 했다. 아래위로 훑어보더니 혀를 찼다. 너무 말라서 일이나 하겠냐고. 시켜만 주면 열심히 하겠다고 말했다. 다음날부터 출근하란 말에 기뻤지만 주민등록등본을 떼어 오라는 말에 절망했다. 찜질방 구석에서 무릎사이에 머리를 박고 밤새 고민하다 다시 찾아가 솔직히 고백했다. 사장은 고개를 갸웃거렸지만 지배인이 옆에서 나이도 어리고 불쌍하니 받아주자고 말했다. 가끔 불법 체류자 단속이 나오니까 주방에서 일하라고 배려까지 해 주었다. 죽으라는 법은 없었다. 그날의 사건만 아니었다면 아마 오래도록 그곳에 있었을지도 모른다.

식당 영업이 끝나고 지배인은 포장마차에서 한잔 하자고 큰

소리로 말했다. 하지만 아무도 동조하지 않았다. 그가 도박 빚에 시달리고 있었고 혹시 돈을 꿔달라고 할까봐 피하는 거였다. 그러나 그의 핸드폰을 몇 번 빌려서 고향에 전화했던 나는 거절할 수 없었다. 도박판에서 일수 돈을 빌렸다는 걸 나도 알고 있었다. 매일 밤 똑같은 색 점퍼를 입고 식당 문을 등진 채 서있는 일수업자를 나도 보았다. 얼핏 봐도 초라한 행색이었다. 그날도 밀린 일수 때문에 전화로 다툰 것 같았다. 빈 술병이 탁자에 늘어갈 때쯤 일수업자 박 사장이 포장마차로 들이닥쳤다. 돈만이 해결할 수 있는 뻔한 이야기들이 오고가다가 몸싸움이 일어났고 지배인이 맞았다. 지배인의 역성을 들다가 나와 박 사장의 몸싸움으로 번졌다. 내가 조금만 더 세상을 알더라면 싸움에 개입하지 않았을 텐데. 두고두고 후회했었다.

순식간에 경찰이 왔고 세 사람은 파출소를 거쳐 경찰서로 넘어갔다. 지배인은 도박 사실이 드러나는 게 두려웠고, 일수업자 박 사장도 켕기는 게 많았을 것이다. 포장마차에서 일어난 우발적인 싸움이라고 진술했던 모양이다. 겉으로 보기에 다친 데는 없어 쉽게 합의가 이뤄졌다. 그들은 자신들이 풀려나는 것에만 급급했고 나까지 챙기지 못했다. 나는 박 사장을 많이 원망했었다. 결국 원하는 만큼 돈도 벌지 못한 채 두 번째 추방을 당했기 때문이었다. 그리고 그 싸움에서 내 앞니 2개가 부러져서 빠져버렸다. 텅 빈 앞니 자리는 너무 흉했고, 말이 새어나왔다. 사정이 나아져 의치를 해 넣기 전까진 복화술을 하듯 말해야 했고 크게 웃지도 못했었다.

중국 공안까지 갔던 사건 때문에 미안했는지 아줌마 여행객들이 저녁식사 후 간단한 술자리를 마련했다. 술이 한두 잔 들어가자 자신들의 해외여행담을 앞 다투어 쏟아놓았다. 그리고 해외여행에서 자신들이 장만하고 싶은 쇼핑 목록의 물품을 사는 것도 여행의 낙이라며 자랑을 늘어놓았다. 라텍스 매트리스를 싸게 사려면 전시장보다는 공장으로 가서 단체로 흥정을 하는 것이 좋다느니, A급 짝퉁을 사는 노하우라든지. 그녀들의 경험담은 끝이 날줄 몰랐다. 수다도 지칠 무렵 여자들이 한두 명씩 자리를 뜨고 박 사장만 남았다. 술김이 아니었다면 굳이 박 사장에게 과거의 일을 들추지는 않았을 것이다. 나는 지배인과 박 사장이 끝내 외면했기 때문에 추방당한 거라고 믿고 있었다. 그런데 박 사장을 공안에서 재빨리 꺼내준 건 나라고 생각하니 조금은 억울한 생각이 들었던 것 같다. 여행객 목록에 적힌 이름을 보았었는데 그때는 이름이 기억나지 않아서 박 사장이 내가 생각하는 그 사람인지 확신하지는 못했었다. 그런데 공안에게 받은 잡혀왔던 여행자들의 이름이 적힌 종이를 들고 나오다가 찢어버리면서 기억이 났다. 박 사장은 내가 생각하는 사채업자가 맞았다.

"혹시 내가 누군지 모르시겠어요?"

"지금 내가 취한 것 같아 보이오? 누구긴 누구야, 가이드양반이지."

"○○식당 지배인 기억나세요? 일수 안 찍는다고 매일 쫓아오곤 하던."

박 사장은 놀란 듯 눈을 깜박이지도 못하고 정지상태가 되었다. 눈물이 날만큼 뻑뻑해 진후에야 눈꺼풀을 움츠리더니 나를 빤히 보았다. 너 누구냐, 네가 누군데, 그걸 어떻게 아느냐는 눈빛이었다.

"정말 기억 안 나시는 모양이네, 일수 안 찍는다고 포장마차에 와서 지배인하고 싸울 때 함께 있다가 싸움에 휘말려서 경찰서에 같이 잡혀갔었는데."

이번에는 입이 벌어진 채 다물지 못했다. 그러더니 가까이 다가와 나를 위 아래로 훑어보았다. 당신이 정말 그 아이냐는 듯이. 나는 박 사장과 지배인이 경찰서에서 나가고 난 후 나에게 일어났던 일에 대해 이야기해 주었다. 당신들이 빼주지 않아서 추방당했다고 그리고 당신에게 맞은 후유증으로 빠져버린 이빨이라고 입을 벌려서 정상 치아와 색이 조금 다른 의치를 보여주었다.

"미안하오. 정말 미안하오. 몰랐소."

이빨을 해 넣을 돈을 벌기까지 입을 크게 벌리지도 못하고 살았었다는 푸념을 하며 이제라도 사과를 받으니 됐다고 말하며 술잔을 들어 박 사장의 술잔에 부딪치려는 순간, 핸드폰이 울렸다.

"형수 웬일이에요? 뭐라고요? 형이요? 그래서요. 울지 말고 천천히 말해 봐요. 왜 진작 연락을 안 하고 이제야 했어요? 알았으니까, 너무 걱정하지 마세요. 내가 어떻게든 방법을 찾아볼게요."

내가 싸움에 휘말려 두 번째 강제추방을 당해 연변으로 돌아오고 나서 몇 년 후 한국의 노무현대통령 정부에서 불법 체류자를 합법화하기 위한 대책이 마련되었다. 자진신고하고 출국했다가 1년 후 다시 입국하여 3년간 취업을 할 수 있다는 내용이었다. 그러나 연변으로 돌아가 1년을 지내게 되면 벌어놓은 돈의 대부분을 쓰게 될 것이 뻔했다. 그리고 다시 한국에 오기 위해 몇백만 원이나 되는 경비를 들여야 하고, 그러면 다시 빈손으로 시작해야하기 때문에 불법체류자의 입장에서는 무조건 좋게만 생각할 수는 없었다. 안정된 생활을 위해 합법적인 선택을 하는 사람들도 많았지만, 형은 연변으로 돌아오지 않고 불법체류자의 길을 선택했다.

"너 소문 들었니?"

"무슨 소문?"

"못 들었구나? 왜 있잖아? 아들이 서울 가서 돈 많이 벌어와 가지구 식당 차린 집말이야. 알지?"

친구가 말하는 그 집이야기는 동네에서 모르는 사람이 없었다. 서울 갔다 돌아온 사람 중에 가장 성공한 사람이었다. 서울에 다녀왔다고 해서 모두 잘 살게 되는 것은 아니었기 때문이다. 때론 병만 얻어 온 사람들도 있었다.

"알지. 그 집이 왜?"

"이번에 한국국적을 취득했다더라. 그 집 할아버지가 일제시대 때 독립운동으로 공을 세웠다나? 공을 세웠는지, 꽁무니를 따라다녔는지는 몰라도 아무튼 그랬대. 독립운동에 관련 있는 것이 확인되면 한국에서 국적을 준다던데?"

친구에게 그 말을 듣는 순간 나는 할아버지의 낡은 상자가 떠올랐다. 이상하게도 나는 할아버지가 낡은 상자 속 물건을 들여다보며 눈물지었던 걸 기억했지만 물건을 직접 본 적은 없었다. 며칠을 뒤져서 누렇게 바래고 귀퉁이가 잘려나간 몇 장의 사진과 접힌 면이 찢어 질 것 같이 너덜너덜한 몇 통의 편지 그리고 알 수 없는 명패가 들어 있는 상자를 찾아냈다. 증언해 줄 사람이 필요했지만 너무 오랜 시간이 흘렀기 때문에 찾기가 어려웠다. 가까운 곳에서부터 찾아나갔다. 몇 사람을 거쳐서야 할아버지처럼 10대 시절에 독립군의 심부름을 했었던 분이 있다는 걸 알게 되었고 용정으로 갔다. 그 노인은 여러 가지 자료를 보관하고 있었다. 숨어 다니며 편지를 전달했던 일과 일본군에게 잡혔다가 도망쳤던 일이 기억난다고 했다. 그리고 떠듬떠듬 전해 주었다. 그 시절 할아버지를 상상해 보기에 충분한 만큼 천천히. 그리고는 할아버지의 유품과 내가 찾은 자료가 형의 불안한 현재의 삶을 바꾸고 할아버지의 희망이 이루어지길 간절히 바란다고 적어서 형에게 보냈다. 그것이 형에게서 불법 딱지를 떼어주었으면 하는 바람으로.

대학에 입학하기 위해 연변을 떠나기 전까지는 연변이 내가 아는 세상의 전부였다. 연변은 조선족 자치주이고 조선어가 공용어였다. 하지만 큰 도시로 나오니 차별이 무엇인지, 차별받는다는 것이 어떤 것인지 조금씩 알게 되었다. 신장 쪽에서 온 위구르족을 베이징의 숙박 시설에서 받지 않는 걸 목격한 순간부터였다. 신분증에는 드러나지는 않지만 그들만이 식별하는 방법이 있었다. 정부는 직접적으로 탄압하는 대신 뒤에서 압력만 행사하기 때문에 드러나지 않았다. 단순했던 나의 의식이 깨쳐지면서 여러 종류의 책을 읽었다. 어느 날 친구가 빌려준 책에서 재일교포 작가인 서경식의 칼럼*을 우연히 읽었다. 모국에서 살지 못하고 떠도는 디아스포라들을 수레바퀴 자국에 고인 물속의 붕어에 비유한 글이었다. "말라 가는 수레바퀴 자국에 고인 물속의 붕어는 침으로 서로의 몸을 적신다."는 루쉰의 글을 인용한 칼럼을 읽으면서 정체불명의 감정이 갈라진 내 살을 파고드는 것 같았다.

형수에게는 형을 찾아볼 테니 걱정하지 말고 기다리라고 했지만, 내게 방법이 있는 건 아니었다. 술을 마시던 박 사장은 무슨 일이냐고 물었다. 문득 박 사장이라면 도와줄 수 있을 거라는 생각이 들었다. 그래도 선뜻 말을 꺼내지 못하고 망설이자 박 사장은 말해보라고 했다.

"쌍둥이 형이 있습니다. 지금 한국에 불법체류하면서 일을 하고 있는데, 간암이 걸렸답니다. 투병중이면서도 일을 쉬지 않았는데, 갑자기 연락이 끊겨서 형수가 걱정이 돼서 연락이 왔어요."

"그래요? 쌍둥이였군요. 이형이 한국에 가려면 절차가 필요할 테니까, 내가 내일 한국에 돌아가면 찾아봐 주겠소."

부탁하지도 않았는데 박 사장이 먼저 도와주겠다고 말을 꺼냈다. 그가 신뢰할 수 있는 사람인가는 중요하지 않았다. 지푸라기라도 잡아야 하니까. 나는 벌떡 일어나 박 사장의 손을 잡았다.

"정말이십니까? 정말 그래줄 수 있습니까?"

"걱정마시오. 그렇지 않아도 예전 일로 이형한테 미안한 일
도 있으니……."

그래 줄 수 있는가를 거듭해서 확인하자 박 사장은 큰소리를
쳤다.

"나도 그리 나쁜 놈은 아니오. 먹고 살려니까 어쩔 수 없이
일수놀이로 서민들 피 빨아먹는 일도 했지만 이젠 손 씻고 착
하게 살고 있수다."

*

그러나 서울로 돌아간 박 사장에게서 연락이 오질 않았다.
혹시 바빠서 잊은 건 아닐까? 빈말이었나? 그럴지도 모르는 일
이었다. 겉 다르고 속 다른 사람들을 무수히 봐 왔다. 어쩌면
경찰서에서 나를 외면했던 모습이 그의 진짜 모습일지도 모른
다. 기다리며 욕하며 초조한 날을 보내다 지쳐서 다른 방법을
찾을 궁리를 할 때, 박 사장에게서 전화가 왔다. 다짜고짜 서울
로 오라고 했다. 박 사장을 믿지 못한다 해도 나는 가야했다.

"환자는 간경화로 인한 간암 4기입니다. 4기는 간암의 말기
상태를 말합니다. 대학병원에서 이미 치료가 힘든 상태라는 판

정을 받고 치료는 포기한 상태였습니다. 환자가 우리 병원에 온 이유는 통증 때문이었어요. 말기에 가까울수록 통증이 심해지거든요. 1달 전에 진통제를 처방받은 후 다시 병원에 온 기록이 없습니다."

박 사장이 수소문해서 찾아간 의사는 환자 정보보호 때문에 알려줄 수 없으니 가족을 데려오라고 했다는 것이다. 나에게도 한국에 있는 단 한명의 가족이고, 쌍둥이 동생인 것을 확인한 후에야 형의 상태에 대해 설명했다. 지금쯤이면 진통제도 남아있지 않을 거라면서 환자를 빨리 찾아서 병원으로 데려오라고 말했다. 한 여름의 해가 지면으로 사정없이 열기를 쏘아댔다. 겨드랑이부터 땀으로 젖어들었지만 더운 것도 느껴지지 않았다. 형이 살아있는지 아니면 이미 죽었는지 알아내야한다는 생각으로 마음이 급했다.

5층 건물의 입구에 ○○고시텔이라는 간판이 붙어 있었다. 좁은 계단을 올라가니 더 좁은 복도 양쪽으로 301, 302…… 방의 호수를 나타내는 것 같은 숫자가 문마다 붙어있었다. 마치 감옥 같았다. 312호 문을 두드렸다. 한번, 두 번, 세 번. 아무 반응이 없었다. 시끄러웠는지 누군가 문을 열고 고개를 내밀더니 관리실로 가라고 손가락으로 가리켰다.

"누구? 이산 씨? 짐 빼서 나갔는데."

관리인으로 보이는 남자는 나를 아래위로 훑어보며 누구냐고 물었다.

"동생입니다. 멀리서 형을 찾아왔는데, 혹시 어디로 간다는 말을 없었나요?"

"어쩐지…… 똑같이 생겼네. 글쎄…… 아, 전화번호를 주고 갔지? 우편물이 오면 연락해 달라고 부탁했었어."

서랍을 뒤져서 전화번호가 적힌 종이를 꺼내더니 알려줘도 될지 모르겠다고 망설였다. 형이 아프다는 말을 듣고 왔으니 전화번호를 달라고 하자, 형제가 맞는 것 같아 주는 거라고 했다. 그 번호는 형의 친구 전화번호였다. 형은 세상과 닿는 전화번호조차 갖고 있지 못했다. 심장이 조여드는 통증을 느꼈다.

뼈만 남은 한 남자가 웅크리고 옆으로 누워있었다. 옆으로 드러난 얼굴은 황달로 노리끼리했고 입술은 흑색이었다. 얼마나 위태롭고 고단했었는지 읽을 수 있었다. 천천히 이불을 들췄다. 복수가 찬 배는 숨 쉴 때마다 힘겹게 보였다. 나는 눈을 감았다. 형의 이 모습은 아주 오랫동안 잊지 못할 것 같았다. 피의 끌림은 말로 설명할지 못할 만큼 강했다. "형" 내가 부르자마자 초점을 잃은 형의 눈이 떠졌다. 눈의 흰자도 완전히 노랗게 변한 상태였다. 보이냐고, 알아 볼 수 있느냐고 묻는 내 목소리는 울음이 섞여 제대로 나오지 않았다. 그런데도 형은 더

듬어 내 손을 잡았다. 살은 전혀 남아 있지 않은 가죽에 뼈의 크기까지 드러나는 손가락으로. 환자의 힘이라고 믿을 수 없을 만큼 강하게. 형은 내 손을 잡고 비로소 눈을 감았다. 마치 그 순간을 기다린 것처럼.

다음 날, 같은 조선족이라는 형의 친구 김씨가 고시텔에 들러서 가져 왔다며 봉투 하나를 내밀었다. 형이 고시텔 관리인에게 부탁했었던 우편물이었다. 봉투의 겉면에 태극기 사진과 광복 70주년, 대한민국 만세라고 인쇄되어 있었다.

"귀하가 신청한 이종섭 님의 국적회복이 되었습니다. 축하합니다. 이종섭 님의 직계가족은 국적 취득의 자격이 있습니다. 원하는 직계가족은 국적 취득에 필요한 절차를 밟으시기 바랍니다."
마침내 형은 불법체류자의 딱지를 뗄 수 있고, 할아버지는 고향으로 갈 수 있다는 뜻이었다.

－『한국소설』 2016년 2월호

*〈디아스포라 기행〉의 서문 中, 서경식

스마트소설 _ 미니멀 라이프

책장 두 개를 샅샅이 훑었다. 오른쪽에서 왼쪽으로, 위에서 아래로. 보이지 않는다. 버린 기억은 없는데, 빌려줬나? 못 찾는 걸까? 겨우 다섯 자짜리 책장 두 개인데 말이다. 막상 필요한데 눈에 띠지 않으니 조급증이 일어나 이마와 코에 땀이 맺혔다. 땀을 닦고 안경을 쓰고 맨 위에서 아래로 다시 아래에서 위로 꼼꼼하게 살핀다. 없다. 뒤통수에서 남편의 목소리가 들리는 듯하다.

"좀, 쪼~옴, 그만 버려!"

책장 맞은 편 소파에 무릎을 세우고 깊숙이 앉아 팔짱을 낀 채 책들을 바라본다. 한 권 더 꽂을 틈 없이 꽉 차있다. 집안의 다른 곳들은 헐렁하다. 냉장실은 물론이고 냉동실도 들출 필요

없이 한눈에 들어온다. 식기건조대에는 밥공기, 대접, 숟가락, 젓가락, 컵이 각각 식구 수만큼만 있다. 씽크대 상부장, 하부장도 반쯤 차 있다. 인스턴트 식재료 조금, 냄비와 프라이팬 몇 개. 집에서 집들이를 하고, 기념일을 챙기던 일은 추억으로만 남았다. 요즘은 집에서 모이는 것을 집주인도 손님도 부담스러워 한다. 먼지만 쌓여 있던 혼수로 사온 행사용 그릇도 버렸다. 1~2년 동안 한 번도 입지 않은 옷은 과감하게 버려라. 정리 달인의 노하우를 빌어서 옷장도 덜어냈다. 하나를 사면 하나를 버리는 소신이 생기자, 점점 소비가 줄었다. 계절이 바뀌기 전에 옷부터 장만하던 습관도 고쳤다. 여기까지는 남편도 딸도 공감하여 아무 문제가 없었다. 거실에는 책장과 소파, 식탁 겸 책상 그리고 화분 2개, 에어컨이 전부다. 유일하게 더 비워내지 못하는 것이 책장이다. 책장을 한 개만 남기려고 몇 번 시도했었다. 책을 몽땅 꺼내놓고 책장 하나에 골라서 채워 넣었다. 선택되지 못한 책들을 쌓아 놓은 채 며칠 들여다보고 고민하다가 결국 버리려던 책장에 꽂아 넣었다. 대신 책 한권이 생기면 반드시 책장의 한권을 빼낸다. 항상 빼꼭하게 차 있는 상태만 유지하고 있다. 어떤 책을 떠나보내야 할지 그것이 문제이긴 하다. 거들떠보지 않을 때는 장식용 같지만 자세히 보면 하나하나 중요하다. 그래서 버릴 때는 심사숙고한다. 가끔 필요해서 찾을 때 그 책이 책장을 떠난 뒤일 때가 가장 난감하다. 오늘도 소논문 작성에 필요한 책인데, 눈을 까뒤집고 찾아도, 책장을 아무리 노려보아도 없다. 현관 번호키 소리가 난다. 소파에 앉아 있는 내 모습만 봐도 남편은 무슨 일인지 감을 잡는다.

"저장강박증 치료 말고 처분강박증 치료는 없어? 좀 알아봐."

그날부터였다.

그들은 천으로 된 커다란 자루 몇 개를 가지고 왔다. 장례식장에서 소개받은 업체의 직원이었다. 장례식 비용을 정산할 때 직원은 이후의 할 일에 대한 정보를 친절하게 알려주었다.

"사망신고는 1개월 이내에 하세요. 그리고 은행 일은 사망신고 전에 처리하시고요. 사망신고하고 나서 은행 업무를 정리하려면 아주 복잡하거든요. 그리고 고인이 사용하던 물품은 어떻게 하실 건가요?"

"그게 무슨 말씀이시죠?"

"아~ 무슨 의도가 있는 건 아니에요. 예전에는 묘소나 화장장에서 옷가지를 태웠는데, 요즘은 그렇게 못하잖아요. 그래서 물품을 가져가는 곳이 있어서 원하시면 소개해 드리려고요."

장례를 치르는 일이 자주 경험하는 일이 아니다보니 생소했다. 의심의 눈초리를 의식했는지 직원은 덧붙였다.

"천주교 쪽에 그런 일을 하는 곳이 있는데요. 모두 수거해서 해외의 필요한 곳에 보낸다고 하더라고요. 혹시 필요하시면 전화번호 가져가세요.

시어머니의 방을 정리해야겠다는 생각이 들었을 때 전화번호 받은 게 생각났다. 필요한 사람들에게 가는 것도 나쁘지 않겠지….

"물건들은 어디로 가나요?"

"필리핀으로 갑니다. 그곳 수녀회에서 필요한 사람들에게 나눠주지요. 필리핀은 더운 곳이라 전기장판만 빼고 모두 가져 갈게요."

첫 번째로 장롱 문이 열렸다. 가지런히 걸려있는 옷에서 시어머니의 성격이 드러났다. 즐겨 입던 외출복들이 먼저 꺼내졌다. 제법 값나가는 외투였는데, 물건에 어려 있던 빛은 몽땅 사라졌다. 주인이 없는 줄 아는 걸까? 아끼던 가방들도 나왔다. 어깨에서 품위를 더하던 가죽가방이 낡은 헝겊가방이나 다를 것이 없어보였다. 이불장에서는 얼굴이 닿는 부분을 한 겹 더 겉싸개로 바느질 한 이불이 나왔다. 수거업체 직원은 고인이 아주 깔끔한 분이었나 보네요. 하며 물건에서 주인을 보게 된다고 했다.

방 하나에 담겨있던 물건들이 거실로 나와 쌓이기 시작했다.

순식간에 거실 천장에 닿을 만큼 더미를 이뤘다. 그들은 현관 문을 열어놓고 능숙하게 쓸어 담아 밖으로 내어갔다. 산이 허물어져 구릉이 되고 존재조차 사라졌다. 그리고 내 눈물이 마를 틈도 없이 떠나버렸다.

－『문학나무』 2021년 봄호

해설

상황과 인물의 절묘한 조화, 그 리얼리티의 힘
— 김현주 소설집 『우사단 약국』

김성달(소설가·문학평론가)

1.

　김현주 작가의 소설집 『우사단 약국』에 나오는 화자들은 하나같이 극한상황에 처해 있다. 재개발 지역의 약국을 지키는 여자와 지적 장애를 가진 남자, 다른 여자와 살고 있는 아버지의 장례식장을 찾은 여자와 그녀의 어머니, 자신의 몸과 같이 소중한 식당에서 내몰리는 여자, 자신이 낳은 아이가 어디에 있는지 몰라 해외를 떠도는 여자, 기차사고로 아들을 잃은 여자와, 기차에서 뛰어내려 기억과 말을 잃은 여자, 화장지에 매달리는 중환자실의 여자, 엄마 대신 원룸을 지키는 여자와 세입자 여자, 조선족 쌍둥이 형제, 물건 처분강박증에 시달리는 여자. 그들은 모두 처한 상황은 다르지만 극한상황이다. 작가는 이들이 처한 상황을 먼저 제시하고 그 상황을 풀어가는 방식으로 인간의 본원적인 자아를 면밀하게 그리고 있다.

그들은 대부분 '정착에의 의지'를 가지고 현실에 적응하려고 애쓰면서 살아가지만, 그들이 가진 사연에 눌려 힘들고 지치고 쓸쓸하다. 고통에서 놓여나지 못하고 아프고 억울하고 외롭고 두려운 사람들이다. 그들의 아픔이 여전히 지속되는 것은 격심한 고통으로 점철된 지난날의 상처 때문인데, 그 상처들은 움직일 수 없는 강렬한 리얼리티가 되어 소설 속으로 흘러들어간다. 작가의 시선은 그 리얼리티 속을 뚫고 들어가 헤집고 흔들어보면서 빤한 것이 아닌 다른 리얼리티를 보여주려고 고심한다. 작가란 같은 방향으로 몰아가는 대세 속에서도 다른 것을 보고 다른 것을 믿으려고 노력하기 때문이다. 다르게 본다는 것은 다른 이야기의 다른 리얼리티를 갈구한다는 것이다.

이런 의미에서 김현주 작가는 흔히 신인이 빠지기 쉬운 유혹인 저만 아는 것을 실험성이라고 고집스레 밀어 넣은 경우와 달리 허구와 현실, 그 경계선의 균형감각을 가진 리얼리티를 그리고 있다. 주제를 떠받드는 그 균형감각으로 인해 화자들이 처한 극한상황에도 불구하고 소설은 차분하게 읽히게 한다. 또한 소설 속 인물들의 무수한 행위와 사건들 속에서 자기의 리얼리티를 굳게 붙잡고 있는 원동력이기도 하다. 그렇게 붙잡은 인물들의 자기 리얼리티는 하나의 운명으로 스며들어 인물들을 독창적으로 입체감 있게 만들어 주고, 그런 입체감 있는 인물의 리얼리티를 통해 인생의 진실에 접근하고 있다.

요컨대 김현주 작가의 소설에서는 인물과 상황은 도저히 분리할 수 없이 붙어 있다. 그런 의미에서 『우사단 약국』의 인물과 상황을 통해 드러내는 세계에서 그들의 눈과 귀에 현실은 무엇이 다른가? 그들에게 세상은 어떻게 다른가? 얼마나 다른가를 지속적으로 묻고 있다. 작가는 그들의 운명을 조정하는 어떤 힘이 그들과 결코 분리되지 않은 현실을 충실하게 보여주는데 최선을 다한다. 그럼으로써 마치 꼭두각시처럼 그 힘에 놀아나는 인물들을 결코 방치해두지 않는다. 훨씬 더 격렬한, 그것이 무엇이든 보여주고 말리라는 작가의 패기와 열정이 소설 속에서 충분히 감지되고 있다. 그래서 인물들이 자기를 둘러싼 극한상황에서도 개별적 정체성을 찾아가는 과정을 통해 자신이 존재하는 이유를 스스로 깨닫게 만든다. 그 과정에서 존재의 진짜 의미를 물어가면서 스스로가 자신을 둘러싼 상황으로 흡수되면서 살아가는 것이 인생이라고 수긍하고 있다.

김현주 작가의 소설 『우사단 약국』은 특이한 이야기라기보다는 자기만의 말투가 도드라지는 세계이다. 이야기의 논리, 이미지, 주제 같은 것이 비교적 정교하지만, 그보다도 그런 이야기를 전하는 말투는 남이 흉내 내기 힘들다. 일부러 듣기 좋은 목소리를 내려고 다듬고 고치고 노력해서 그런 것이 아니다. 이야기를 꼭 전달하고 싶다는 열정에 스스로 몰입해 있을 때 나오는 듣기 좋은 목소리이다. 다른 사람은 따라 할 수 없는 자기만의 목소리로 그가 본 세계를 열심히 들려주고 있는 것이 김현주 작가의 소설집 『우사단 약국』이다.

2.

표제작인 「우사단 약국」은 철거를 앞둔 우사단 거리의 풍경을 그리고 있고 조각의 퍼즐 맞추기 같은 단편의 전형성을 보여주고 있는데, 인간을 옭아매는 기본적인 조건들이 가시화되어 나타난 소설이다.

서 약사마저 떠난 우사단 약국을 지키고 있는 나는 재개발조합이 정한 이주 마지막 날 이사를 갈 생각이다. 10년 전에 아이들 교육을 핑계로 약국만 남기고 이사를 한 서 약사의 약국 이층집에 들어와 살면서 병든 어머니를 보살피면서 약국을 운영하라는 제의를 받아들인 후 나는 지금까지 우사단 약국을 지킨다. 어릴 때 나는 엄마 심부름으로 까스명수를 사러 우사단 약국에 가면 그때마다 남수도 와서 박카스를 샀다. 엄마가 약을 달고 살기 시작한 것은 아버지가 새벽시장에 출근하다 쓰러져 세상을 떠난 다음 부터였다. 내가 초등학교 입학하고 얼마 후였다. 우사단 길에는 월남한 사람들을 비롯해 다양한 사람들이 산다. 우사단 길 사람들은 아프면 병원보다 먼저 우사단 약국을 찾았다. 덕분에 서 약사는 많은 돈을 벌어 강남에 아파트를 사고, 건물도 샀다. 내가 이곳을 빨리 떠나지 않는 것은 남수 모자 때문이기도 하다. '남수는 정신만 아이인 채로 육체는 시간의 속도에 맞춰 노화되어 가는' 중이다. 남수아버지가 바람이 나서 우사단 길을 떠났지만 남수어머니와 남수는 떠나지 않았다. 고등학생이 된 남수가 교복을 입고 찾아간 날 그가 보는 앞에서 아버지가 교통사고로 즉시한다. 그때부터 남수의 삶은 멈춰버려 누가 대문을 두드리기라도 하면 망치를 들고 나가 휘두르며 침을 뱉는다. 그 때문에 남수어머니가 데려와 키우던 바람 난 남편이 낳은 남수 이복동생은 이모가 데려가고 하늘 아래 모자만 남았다.

나는 결혼 후 우사단 길을 떠났었다. 직장에 다니며 임신과 유산을 번갈아 하다 결국 남편과 이혼하고 우사단 길에 돌아왔다. 치매에 걸려 벽에 똥칠한 어머니를 씻기느라 늦게 왔더니 팔에 붕대를 감은 젊은 남자가 약국에 앉아있다. 며칠 전에 상처 난 남수의 발을 치료해주고 있을 때 카메라를 든 사내가 팔을 다쳐 찾아왔는데 처음 보는데도 낯설지가 않았다. 남자는 남수가 치료받는 것을 지켜보았다. 남수도 남자가 치료받는 것을 보면서도 평소처럼 침을 뱉지 않았다. 그 남자가 저번에 고마웠다고 커피를 사와 내밀며 영양제를 구입해 남수에게 전해 달라고 한다. 남수를 아느냐는 내 말에 그날 남수를 따라갔다던 남자는 어두운 표정으로 약국을 나간다. 나는 마지막으로 우사단 길을 걸어 본다. 엄마가 온전한 정신으로 폐허가 된 우사단 길을 떠나지 않아 다행이지만, 이사 가는 곳에는 엄마가 좋아하는 남산타워가 보이지 않아 걱정이다.

　　우사단 길 한쪽 끝에서 반대편을 향해 걸었다. 이슬람성원과 주말마다 플리마켓이 열리던 계단도 가보았다. 어릴 적 잠시 살던 아주 좁은 골목의 이층집도 스마트 폰에 담았다. 도깨비시장은 인적조차 없어 그야말로 도깨비만 사는 시장이 되었다. 매일 심부름을 다니던 가게에 두부 담던 판만 엎어져 있다. 두부가게 아줌마는 어디로 갔을까? 상이용사촌 입구의 목욕탕은 목욕탕이었음을 알 수 있는 목욕탕 표시만 남았다. 교회 앞에서는 피아노를 만지지 못하게 하던 인색한 목사도 떠올랐다. 한참을 그렇게 걸었다.(「우사단 약국」)

그때 멀리서 사이렌 소리가 나면서 탄내가 코를 자극하고 연기가 우사단 길을 감싼다. 순식간에 남수네 집에 불이 붙어 전소되고 그 속에서 세 사람이 발견되었는데 남수와 어머니는 서로 안고 있었다. 그리고 한 사람 남자의 손이 남수의 손을 잡고 있었는데 부검 결과 남수와 젊은 남자는 혈연관계이다.

　삶의 공간이 해체되는 불안을 품고 살아가는 삶을 구체적으로 보여주는 이 소설은 극한상황에 대한 불안의 세계를 극히 사실적으로 파고들어 인간의 깊이와 그 타당성을 명료하게 얻고 있다. 또한 영양제를 전하는 남자의 행동을 통해 극한상황에서 핏줄이 만나는 부분은 어떤 사실적인 사건보다도 이야기 전체를 울리게 하는 역할을 한다. 이처럼 탄탄한 이야기를 이루는 플롯이 각각 놓여있을 자리에 정확히 놓여 큰 공명을 불러온다.

「레테의 강가에는」 딸과 아버지의 사연을 풀어가는 화자의 담담한 독백이 인상적이다. 아버지란 대체 무엇인가? 묻고, 아버지는 아버지이고 끝내 아버지이고 마는 존재라는 것을 말미의 '레테의 강' 묘사 장면으로 수준 높게 형상화하고 있다.

변기에 앉아 스마트폰으로 아침 뉴스를 보던 나는 동생으로부터 인연 끊긴 지 30년이 된 아버지의 부고를 듣는다. 시간이 많이 흘렀지만 나는 여전히 아늑한 화장실에 앉아있는 시간을 포기하지 못한다. 대문을 나서다가 기다리다 못한 엄마의 전화를 받았다. 나는 짜증과 냉정이 섞인 그 목소리가 싫다. 아버지의 첫 외도 상대 여자의 딸은 나와 동갑이고 같은 중학교에 다녔다. 아버지의 생활비가 오지 않으면 어머니는 나를 그 여자 집으로 보냈다. 죽기보다 싫었지만 어린 나는 엄마의 말을 거역할 배짱이 없었다.

찾아간다고 언제나 아버지를 만날 수 있는 것도 돈을 얻을 수 있는 것도 아니다. 거기서 아버지를 만나지 못하면 아버지 직장 앞으로 가서 만날 때까지 기다려야 했다. 가기 싫은 눈치를 보이면 엄마는 아버지에 대한 욕을 폭풍처럼 퍼부으며 눈을 부라렸다. 나는 사람들이 오가는 길에서 아버지를 놓칠 새라 눈을 고정시켰다.

왜냐하면 엄마의 무서운 호통과 눈초리가 내 뒤에서 지켜보고 있었기 때문에. 어쩌다 아버지를 만나면 이번에는 반갑지 않고 귀찮은, 화내지 못해 짜증 난, 그래서 더 외면하고 싶어 하는 아버지의 눈길을 감당해야 했다. 그렇게 엄마에게 내쫓겨 아버지의 뒤를 찾아다니는 기간이 길지 않았다 해도 내겐 아주 오래도록 힘들고 고통스러운 기억으로 남았다. 아버지에 대한 부정적인 시선은 내가 겪은 것에 엄마로 인해 덧입혀진 것들임을 엄마도 짐작할까? 한 번도 그때 일을 서로 꺼낸 적이 없다.(「레테의 강가에는」)

나의 내밀한 의식을 통해 오래된 어머니와의 갈등을 보여주는 이 장면은 선연한 감성으로 자기 정체성의 확인으로 이어진다. 집을 나간 아버지가 작은아버지를 통해 연락이 온 것은 15년이 지나서였다. 뇌졸중으로 쓰러진 아버지는 병원비 때문에 주민등록을 복원해 의료보험 가입을 위해 연락을 한 것이었다. 나는 마지막만큼은 아버지와 살고 싶었지만 작은아버지와 남동생은 아버지를 같이 사는 여자에게 돌려보냈다. 장례식장에 들어서자 여동생이 반색을 하며 아버지와 같이 살던 여자가 자신도 상복을 입어야 한다고 난리를 피운 이야기를 들려준다. 뭐 좀 먹으라던 어머니는 내게 맥주를 따라준다. 아버지가 집에 들어오지 않자 엄마가 술을 마시고 울며 '너 때문이었다고' 소리를 질렀다. 그런 엄마가 술을 마시고 사과를 한다. '다 내 잘못이다. 너한테도 아버지한테도…' 엄마는 항상 자신이 옳고 머리 숙이거나 미안하다는 말을 한 적이 없다. 나는 내 앞에 있는 할머니가 된 어머니가 낯설다. 잠든 어머니의 숨소리가 점점 거칠어지고 나도 깜빡 잠이 든다. '사공이 흰옷차림의 사람을 태우자 배가 강을 건너기 시작한다. 얼굴이 보이지 않았지만 흰옷은 아버지였다.(…) 또 다른 흰옷 차림의 한 사람이 뒷걸음으로 배에 다가간다. 역시 얼굴은 보이지 않았지만 엄마였다.(…) 엄마의 몸이 가볍게 들리어 배에 올려지고 배는 느릿느릿 강을 건너간다.' 놀라서 잠이 깬 나는 벌떡 일어나 엄마의 팔을 잡는다. 아직, 아직은 따스하다.

　모든 것은 세월 속에서 망가지고 쓸모없어지게 되는데 아버지, 어머니라는 가족은 예외이다. 레테의 강가에서 아버지를 따라가려는 어머니의 팔을 잡고 느끼는 따뜻한 온기가 인간다움으로 다가오면서 한층 가족에 대한 애틋함의 정서를 불러온다. 꿈이라는 중첩의 구성으로 즉시 환기 가능한 가족의 의미를 생각하게 하는 시선이 신선하다.

「젠트리피케이션의 내일」 역시 극한상황에 내몰린 인물의 이야기이다. '젠트리피케이션'의 사전적 의미는 구도심이 번성하면서 임대료가 오르고 원주민이 내쫓기는 현상이다. 그동안 우리 사회에서 많이 보고 들은 이야기를, 20년간 식당과 한 몸이었고, 인생의 전부였던 언니의 삶을 통해 절실하게 보여고 있다.

식당 안에서만 존재감이 있는 언니는 건물주가 보내온 내용증명에 충격을 받는다. 식당을 비우라는 내용이다. 유동인구가 많아지고 길이 넓어지면서 좋은 입지가 되자 건물주는 권리금 한 푼 내주지 않고 비울 것을 요구한 것이다. 언니는 너무 억울해 재판에 호소했지만 1심 패소, 2심 승소 후 대법원까지 갔지만 결국 패소한다.

판결의 소문은 빠른 속도로 식당에서 멀리 퍼져나갔다. 패소한 것과 음식의 맛은 아무런 상관관계가 없음에도 불구하고 식당을 찾는 손님의 수가 빠르게 줄어들었다.(…) 사람의 에너지로 지탱했던 건물의 내부가 비어가자 건물은 빠르게 노화되는 것 같았다. 가게를 비우라는 통지서도 우체부가 가져왔다. 절대 떨어질 수 없는 한 몸 같았던 언니와 가게는 분리되었다. 가게와 분리된 순간, 언니에게 남은 건 빚뿐이었다.(「젠트리피케이션의 내일」)

　언니가 집을 나갔는데 나는 식당이 아니면 언니가 생각나지
않는다. 어디서 언니를 찾아야 할지 몰라 난감하다. 재판이 진
행되는 동안 포기하라고, 다 소용없는 일이라며 언니와 다툼이
잦던 형부는 나에게 언니를 찾지 말라고 한다. 하지만 엄마가
세상을 떠난 후 언니가 부모이고 친정인 나는 언니를 찾아 엄
마의 납골당까지 가보지만 어디에도 언니의 자취는 없다. 밤늦
게 돌아와 뒤척이다 아침에 텔레비전 뉴스에서 50대로 보이는
여자가 택시를 타고 반포대교에서 내려 한강으로 뛰어들었다
는 소식을 듣는다. 내 손에 들린 컵이 흔들린다.
　이 소설에서 작가가 궁극적으로 말하고 싶은 것은 오늘날 우
리 모두가 '젠트리피케이션'이라는 것을 확인하는 것인지도 모
른다. 언니에게 식당이 없어지는 것은 제 몸이 사라지는 것이
리라. 그러니 어떤 여자가 반포대교를 뛰어든 결말은 충분히
설득적이다. 사실적으로 생생하게 그린 현실은 사실적 재현이
면서 힘과 돈이 지배하고, 선악은 없고 살아남는 자만 있는 우
리 시대 어두운 구석의 재현이기도 하다.

　「톤레삽 호수」는 앙코르왓이라는 거대한 유적지가 있는 캄
보디아 씨엔립을 배경으로 한국인 여행객을 상대하는 가이드

로 살고 있는 여지의 신산한 삶을 그리고 있다.

워킹홀리데이 비자로 호주에서 호텔 메이드 일을 시작으로 몇 나라를 거친 여자는 캄보디아로 와서 한국인 식당을 하는 삼촌을 도우면서 여행객을 상대하는 가이드 일을 한다. 무엇이 이렇게 여자를 떠돌게 하는 걸까? 어떤 사연이 있는 걸까?

관광객을 태운 배들이 일몰을 보기 위해 소리를 낮추고 천천히 움직여 호수 가운데로 향한다. 타오르던 해가 호수를 핏빛으로 물들이려고 수평선 가까이로 움직인다. 수평선에 붉은 기운이 서리자 나의 뇌리는 비릿한 냄새를 인지한다. 뇌는 피 냄새와 물고기 냄새를 구분하려 애쓰지만 내 기억 속 냄새의 지배를 더 받는 것 같다. 닫히지 않은 자궁에서 쏟아져 나오던 피 냄새가 뇌와 코 사이를 왕래하며 소멸되지 않는다. 울지 말아야지 하는 생각을 하기도 전에 이미 눈물이 흐른다.(「톤레삽 호수」)

여자는 수상가옥 마을에 사는 아포에게 자꾸 눈길이 간다. 아포는 여행객에게 팔찌를 파는 아이인데, 엄마는 도망가고 아버지는 아포가 벌어오는 돈으로 마약을 한다. '언니 예뻐요, 아저씨 돈 많아요. 1달러에 일곱 개. 나는 한 개도 못 팔았어요. 사 주세요' 같은 한국어를 배워 여행객을 쫓아다니는 아이들 가운데 하나였다. 여자는 아포를 배를 부리는 헬렐레에게 데려갔다. 헬렐레는 아포에게 흔들리는 배에 타는 손님들이 넘어지지 않게 잡아주거나 어깨를 안마해주는 일을 맡겼다. 아포는 아버지에게 끌려갔다가 오는 일이 종종 있었는데 그때마다 눈 주위에 새카맣게 멍이 들고 맨발이었다. 여자는 그런 아포가 가여워 삼촌의 식당에 데리고 가고 싶지만 아포는 '자신을 버린 어머니보다 그래도 데리러 오는 아버지가 있는 것이 좋다'며 거절한다. 그 아포가 며칠째 배에서 보이지 않는다.

여자는 낮에 삼촌 식당으로 들어온 그 남자가 낯설었다. 여자도 변했지만 그도 변해있었다. 인사를 나누거나 말을 걸지 않았다. 삼촌은 그날 비빔밥을 고스란히 남기고 식당을 나간 그가 다시 찾아와 맡긴 편지를 여자에게 건네준다. 여자는 그와 연결된 기억의 부분은 영구삭제를 눌러 뇌에서 삭제된 것 같기도 하고, 망각 된 것 같기도 하다. 분명하게 각인된 것은 아이를 낳기 위해 여자가 혼자 죽음과 사투를 벌이던 순간이다. 여자가 진동하는 피비린내 속에서 점점 정신이 몽롱해졌고 그때쯤 그가 온 것 같고, 정신을 잃은 여자가 눈을 떴을 때 5일이 지나 있었고 그는 입대한 뒤였다. 집에 돌아온 여자는 아무것도 할 수 없었다. 어느 날 그에게서 문자가 왔다. '미안해… 미안해… 훈련소 끝… 부대 배치 중… 베이비박스… 용서해…' 여자는 베이비박스를 단서로 아이를 찾았지만, 베이비박스에 온 대부분의 아기는 기관을 거쳐 입양된다는 말에 한국을 떠났다. 식당일이 끝나자 여자는 며칠 동안 보이지 않는 아포가 걱정되어 툭툭이를 타고 톤레삽으로 달린다.

아포였다. 그렇게 빠르게 움직이는 건 아포뿐이었으니까. 마지막 손님의 손까지 잡아 내려주고 나서 아포는 톤레삽 호수에 풍덩 빠져들었다. 물은 맑지도 탁해지지도 않고 늘 그대로다. 머리까지 잠겼던 아포가 물 위로 드러났다. 내가 다가가자 아포는 하얀 이를 다 드러내며 웃는다. 찢어진 상처의 피는 호수 물에 다 닦여 나갔나 보다.(「톤레삽 호수」)

여자가 살아가는 현장은 힘든 곳이다. 하지만 아포를 비롯해 수상가옥 사람들이 살아가는 곳의 현실은 더욱 험난한 곳이다. 세상에 사연 없는 사람도 없고 상처 없는 사람도 없지만 벗어날 수 없는 불평등을 비롯해 그악스럽게 작동하는 약육강식의 현실을 매우 입체적으로 그리면서 아이를 잃은 여자의 죄의식 심리묘사가 호수를 배경으로 명징하게 그려지고 있다. 소설 속에서 인물들이 이 난국을 헤쳐나가는 것은 어렵지만 살기 위해, 남들처럼 살아보고 싶은 내면을 리얼하게 파헤친다. 그런 의미에서 호수에 뛰어든 아포가 흰 이를 드러내며 웃은 모습은 충분히 상징적이다.

「건널목」은 하나밖에 없는 아들이 건널목 사고로 사망한 후 이혼을 하고 보건소 간호조무사로 일하는 명숙과, 달리는 기차에서 뛰어내려 간신히 목숨을 구했지만 말과 기억을 잃은 시월의 사연이 교차하면서 입체감을 획득하는 이야기이다.

시월이 응급실에서 눈을 떴을 때 아들의 시신 앞에서 오열하던 여자가 울면서 끌려나간다. 그날, 시월이 눈을 뜨고 처음 만난 얼굴이 명숙이다. 아들의 사고 소식을 듣고 병원으로 달려왔지만 이미 죽은 후라 허망하던 명숙은 링기줄에 생을 걸고 하루하루를 버티는 여자에게 24시간 매달린다. 여자는 기적같이 눈을 뜨지만 말과 기억을 잃었다. 그때가 시월이어서 여자를 시월로 불렀다. 명숙이 요양병원에 입원한 모친의 부고 소식을 듣고 짐을 꾸리는데 시월도 옷을 주섬주섬 챙긴다.

두 사람은 십수 년이 넘도록 함께 생활하면서 아직도 서로의 과거에 대해 직접 묻고 답하지 않았다. 명숙은 자신의 과거에 대해 입을 열지 않았고 시월은 아직도 과거에 대한 기억이 돌아오지 않았기 때문이었다. 사람이 사람을 이해하기 위해서는 과거가 수반되어야 한다. 현재의 그 사람은 과거로부터 단단하게 축적되어왔기 때문이다. 그래서 현재만으로는 전체를 이해하기 부족하다. 그래서일까? 두 사람은 익숙한 반면 결코 넘어설 수 없는 선을 유지하고 있었다. 그건 예의와는 달랐다. 가방을 챙기는 시월에게 왜 따라가려는지 이유를 묻지 않는 것도 그 때문이었다. 가고 싶은 게지. 가고 싶으면 가야지. 명숙이 시월을 이해하는 방식이었다.(「건널목」)

장례식장으로 가던 길에 건널목에서 쓰러져 응급실에 실려
왔던 시월은 정신을 차려 다시 명숙을 따라 장례식으로 간다.
영정 사진을 보고 눈물을 짓던 시월은 건널목에 간다고 장례식
장을 빠져나간다. 명숙은 왜 가는지 묻지 않고 주머니에 돈을
넣어주며 장례식장으로 다시 찾아올 수 있는지 묻는다. 시월은
멀리 건널목이 보이고 돌산이 가까이 보이면서 오랫동안 기억
의 저장창고에 갇혀 있던 천둥소리가 귀에 울린다. 철로에 옹
기종기 모인 아이들이 레일 위에 녹슨 못을 놓고 귀를 대고 있
는 놀이를 하는 장면. 그 장면이 끝나자 피범벅이 된 채 널브러
진 어린아이를 업고 뛰는 엄마 뒤로 흐르는 피, 진동하는 피 냄
새. 시월은 붕어빵 천 원어치로 끼니를 때우며 건널목을 건너
갔다 왔다 하기를 반복한다.

차단기를 넘나드는 사람들 사이로 통시적인 시간이 흐르면
서 옷가방을 맨 주영이 건널목을 다 건너와도 동생은 느리게
걸었다. 철도원이 호루라기를 불며 채근해도 멈칫댔다. 그만
큼 가기 싫은 곳을 가는 중이다. 바람 난 아버지는 집을 나가고,
살기 위해 발버둥쳤지만 번번이 실패한 어머니는 주영과 동생
들을 두고 가출을 했다. 주영은 셋째 동생의 옷가방과 책가방
을 외삼촌 집 마루 끝에 놓고 그 집을 나왔다. 외삼촌 집을 나와

걷던 주영이 걸음을 멈춘 곳은 차단기가 내려진 건널목이었다. 맹렬한 기세로 달리는 기차에서 날카로운 바람이 불어와 주영의 뺨을 쳤다.

전화를 안 받는다고 건널목 앞으로 찾아온 명숙에게 시월이 말한다. "주영이에요. 내 이름이." 주영은 달리는 기차 맨 뒤 칸에서 강으로 떨어진 사실을 기억하는 데 몇 년이 걸렸다.

작가는 시월과 명숙을 동시에 대비시키면서 구성의 두 기둥으로 삼는다. 명숙이 시월을 살리려고 매달리는 현장과 기억을 찾으려는 시월의 몸부림은 실로 절실하다. 자신의 이름을 찾은 시월에게 무심한 듯이 뱉는 "예쁜 이름이네. …괜찮지?" 하는 명숙의 모습은 가장 깊이 침윤된 어떤 욕망의 다른 모습이 아닐까? 시월이 주영이라는 이름을 찾는 순간 명숙은 안타깝게도 돌아올 수 없는 아들을 영원히 잃어버린 것은 아닐까? 이때 명숙에게 환기되는 현실은 그 스스로가 가장 부정하고 싶은 현실인 것을 파악한다. 그 결과 우리가 다 안다고 여기고 억지로 외면하고 있던 현실을 불러들일 정도로 소설에는 시종일관 위태위태한 불안이 붙어 있다.

「항생제 사용법」은 중환자실의 임실댁 모습을 통해 인간 욕망을 정면으로 보여주고 있다. 임실댁 마음 저 밑바닥에 똬리 튼 돈에 대한 정직한 욕망이 돋보이는 작품이다. 냉혹한 돈의 질서 아래 고통받는 욕망이란 역설적으로 바로 그 지배 체계의 질서에 고스란히 침윤된 욕망이다.

중환자실에서 2인 병실로 온 지 일주일이 된 임실댁이 6인실로 옮기려고 하는 것은 돈 때문이지만 여사님 탓도 있다. 여사님은 오늘도 며느리가 들고 온 도시락 가방 앞에서 흐뭇한 미소를 지으며 임실댁 쟁반에 추어탕 한 그릇 놓아준다. 임실댁이 119에 실려 응급실에 온 건 한 달쯤 전이다. 수술이 잘 되었는데 불행하게도 패혈증에 걸렸다. 화상 때문에 생긴 상처 때문에 먹은 항생제로 인해 패혈증 염증 치료가 쉽지 않았다. 결국 비싼 돈을 주고 쓴 약 덕분으로 임실댁은 중환자실에서 나왔다. 식사를 마치고 간병인이 밀어주는 휠체어를 타고 산책을 나가는 여사님은 뇌졸중 환자인데 한쪽 몸이 마비되어 몇 달째 양방 한방 치료를 같이 받고 있다. 여사님 환자복 옷핀이 꽂힌 주머니에 오만 원짜리가 뭉치로 들어있는데, 가족들이 올 때마다 그곳에서 돈을 빼 몇십만 원씩 준다. 여사님은 삼청교육대에 식재료를 납품하면서 떼돈을 벌었다고 한다. 간병인으로부터 여사님 사연을 듣던 임실댁은 삼청교육대라는 말에 안색이 변한다. 간병인이 나가고 갑자기 임실댁이 허벅지 안쪽 부위를 맹렬하게 긁다가 바지를 내려보니 피가 맺힌 울퉁불퉁한 화상 부위가 드러난다. 그 화상 상처가 기억의 상처를 소환한다. 임실댁 남편은 몹쓸 세상에 함부로 입을 놀리다가 삼청교육대에 끌려가 기어서 돌아왔다. 그런 남편을 병원에 데려가기 전에 씻기려고 연탄불에 끓인 뜨거운 물이 임실댁의 허벅지로 쏟아져 화상을 입었다. 애쓴 보람도 없이 남편은 다시는 대문을 나가지 못한 채 죽었다.

임실댁은 둘째 며느리의 예단과 결혼비용을 줄여 그 돈에 자신의 돈을 얹어 집을 구입했으나 세금 때문에 명의를 둘째 아들 앞으로 해두었다. 그런데 어느 날 둘째가 갑자기 급성간경화로 죽자, 재산이 모두 며느리 차지가 되었다. 병원 청소부였던 임실댁은 그 생각으로 화가 치밀 때마다 화장실로 들어가 가슴이 터지도록 두루마리 화장지를 끌어안았다. 화 덩어리가 움직이지 못하도록. 퇴근할 때마다 가방에 넣어와 밤에도 휴지 뭉치를 가슴에 대고 자는 버릇이 생겼다. 그러는 사이 방에 화장지가 쌓여갔다. 꿈과 현실이 혼동되어 자신의 손에 든 수표를 간병인이 가져갔다고 하면서 행패를 부리다 창피만 당한 임실댁은 퇴원을 서두른다. 냉기가 도는 집에 돌아온 임실댁은 요를 말아 옆으로 밀고 그 밑에 깔린 매트를 걷는다.

커다란 비닐봉지 안에 6개씩 가지런히 들어있는 화장지가 드러났다. 비닐봉지를 잡아당겼지만 그녀의 힘으로 쉽게 들리지 않았다. 몇 번을 시도하다가 비닐을 찢고 두루마리 화장지를 하나씩 들어냈다. 6개를 들어내고 그 옆의 비닐봉지를 찢어서 또 들어냈다. 두루마리 화장지가 빠져나간 자리 밑에는 검은 봉지가 있다. 봉지를 풀자 차곡차곡 포개진 오만 원권 다발이 돈 냄새를 풍기며 나왔다. 봉지를 틀어쥐고 일어서던 임실댁이 휘청거리며 주저앉는다. 다시 일어나려 했지만 되지 않았다. 주저앉으면 다시 일어나고, 엎어지면 다시 일어나고 밤새도록 임실댁은 돈 봉투를 놓지 않고 일어서기를 반복한다.(「항생제 사용법」)

화장지를 부여안고 고통을 참는 임실댁의 고통은 돈 앞에서 더욱 명확하게 드러난다. 고통을 잊으려는 임실댁의 돈에 대한 욕망에 그녀의 진짜 삶이 있다. 작가는 그 지점을 명확히 직시하고 있는데 잔혹하도록 정직하다. 구리고 더럽고 추악하지만 우리가 살아가는데 그 무엇보다 중요한 것이 돈이다. 그 돈에 대한 욕망은 더 절망적인 사회의 어떤 구석을 알아버린 임실댁이 살아남을 최후의 보루이다. 그렇기에 고통 속에 위안을 주던 두루마리 화장지 밑에 악착같이 돈을 모았으리라. 여기서 곧 쓰레기가 되어버릴 화장지에 돈을 은닉하는 임실댁의 행위의 시사점은 크다. 현실은 경험으로 설명되지 않는 것이 적지 않기 때문이다.

「레드썬」은 오래된 주택을 원룸으로 개조해 세를 놓던 엄마 대신 원룸을 관리하는 정애와 세입자 아모르의 자기 최면 같은 삶을 그린다. 두 인물들이 주고받는 대화가 제대로 이어지지 않고 핵심을 비껴가는 것은 어떤 결핍이나 고립감의 표현이리라.

과외방을 그만둔 정애는 엄마 집에 돌아가 잠깐 동안 모녀는 서로에게 기대어 평안한 시간을 보내는가 싶었다. 하지만 고관절이 으스러져 병원에 입원한 엄마는 수술이 잘되어 퇴원하는 줄 알았는데 요양원에 들어가더니 치매에 걸린다. 졸지에 엄마 대신 원룸 관리를 떠안은 정애는 낯선 남자와 집을 나간 세입자 아모르가 신경 쓰인다. 아모르는 영어학원 강사로 필리핀 사람이다. 별문제 없이 1년 가까이 살았는데 계약 만기 전에 방을 빼겠다고 한다. 그 연락을 받은 후 정애는 불면증이 시작된다. 50대 싱글 정애는 사람들을 상대하는 것이 매번 긴장된다. 정애가 근무하던 학원 원장은 자신을 이혼녀라고 소개했다. 정애는 그 당당함이 부러웠지만 의도된 연출이라는 것을 알았다. 원장은 학원 운영에 지장을 줄까 봐 불면증에 시달려 충혈된 눈으로 돌아다니는 정애에게 최면치료를 권했다. 정애는 내키지 않았지만 호의를 거절하는 것이 예의가 아닌 것 같아 최면센터를 찾아갔었다.

신호에 따라 최면에 들어가고 나가게 된다면서, 그 신호를 '레드썬'으로 하겠다고 했다. 그건 최면에 들어가고 나가는 신호 같은 것이었다. 레드썬을 반복하는 소리를 세 번째까지 들었을까? 그리고 시간이 흘렀고 다시 레드썬이 들렸을 때 정애는 최면에서 빠져나왔다. 그때 들었던 레드썬은 마치 괜찮아, 괜찮아 같았다. 머릿속은 뿌연 안개 속이었고, 몸이 무거워 쉽게 일어날 수 없었다. 눈물을 흘렸었는지 눈가가 촉촉하고 침을 삼키자 목이 아팠다. 기억이 팔려나간 것처럼 허허로웠다. 의사는 한동안 정애에게 아무런 지시도 하지 않고 내버려 두었다. 아마도 그날 그놈 일을 꺼냈을 것이다.(「레드썬」)

정애는 집 욕실 세면대 누수를 고치려고 부른 수리기사에게 강압적으로 성폭행을 당했다. 과외수업을 받으러 온 아이들이 인터폰을 누르며 목소리 높이고 문을 두드릴 때까지 움직이지 못했다. 그날 창밖으로 뛰어내리지 못한 자신을 자책하던 정애는 과외를 그만두고 그곳을 떠났다. 정애는 최면치료센터에 다시는 가지 않았지만 불면으로 고통스러운 밤이면 레드썬을 주문처럼 반복한다. 그러면 불안한 맥박이 안정을 찾고 잡다한 생각들과 조금은 거리가 생기는 느낌이다.

아모르는 지금 다니는 영어학원의 월급이 적어 주말에는 식당에서 서빙 일을 하는데 곧 타투학원에서 실습한 마네킹을 다시 사용할 수 있도록 세척하는 일도 한다고 했다. 그런 아모르가 낯선 남자와 집을 나가서 돌아오지 않자 정애는 무거운 몸을 끌고 옥탑방에 올라가 비상키로 문을 열고 들어간다. 캄캄

한 방안에서 더듬거리다가 갑자기 홀딱 벗은 사람이 다가와 정애를 덮치는 순간, 아파트 수리기사가 떠오른 정애는 두 번 다시 당하지 않겠다는 듯이 맹렬하게 저항한다. 그때마다 무언가가 공중으로 날아가 부딪치는 소리에 귀가 먹먹했지만 결사적으로 두 팔을 휘두르던 정애는 정신을 잃었다. 정신을 차리고 보니 정애가 어둠 속에서 사투를 벌인 주인공은 마네킹이다. 아모르는 부서져 뒹구는 마네킹을 목발로 내리치며 울먹인디. "어뜨케요, 어뜨케. 이것만 갖다 주면 돈 다 받는데, 돈 물어 주게 생겼네. 다리를 다쳐서 병원에 있었단 말이에요. 어뜨케요. 사모님, 어뜨케요."

학원 강사에 식당 서빙에 마네킹을 세척하는 일까지 하면서 가난과 외로움에 처한 아모르의 목소리를 찾아주면서, 평생 가슴에 묻은 정애 자신의 이야기를 들어줄 목소리를 찾는 소설이다. 두 사람의 고립과 절멸은 말을 하지 못하는 마네킹을 닦아주는 행위와, 불면증에 시달리는 붉은 눈을 통해 더욱 상징적으로 나타난다. 결말에서 보여준 정애의 몸부림은 자기가 만들어내는 헛것으로 자기의 정신을 분석해 보인 것이리라. 일종의 자기 구원 방식일까? 정애가 가슴에 거느리고 살아가는 고통을 말이 없는 마네킹을 때려 부수는 한바탕 자작극으로 표현하는 작가의 상상력이 값지다.

「디아스포라의 꿈」은 칭따오 해양대학을 졸업한 조선족 청년이 한국의 불법체류자 처지가 된 애환의 시간을 그리고 있는데 조국을 떠나 떠도는 인물의 현장성과 내면 감정선의 흡인력이 뛰어나 공감의 폭이 크고 넓다.

내가 칭따오 해양대학을 졸업과 동시에 한국 국적의 여객선 3등 항해사로 취직했을 때 부모를 대신해 쌍둥이 손자를 키워낸 할아버지는 눈물을 흘렸다. 하지만 기쁨은 오래가지 못했다. 한국에서 IMF가 터졌고, 1년 권고 휴직을 당한 나는 학비와 생활비로 쓴 빚 때문에 한국에 밀입국해서 불법체류자가 된다. 늘 고향을 그리워하던 할아버지가 아무것도 모른 채 돌아가셨다. 3·1운동이 일어나던 해에 태어나 보부상을 따라다니다가 독립운동을 하는 사람의 심부름도 했다는 할아버지는 광복이 되었지만 빈손으로 고향에 돌아갈 수 없어 연변에 정착했다.

한국에서 비닐공장, 사출공장을 전전하다가 불법체류자 단속에 적발된 나는 중국으로 추방되었다가 쌍둥이 형과 함께 생선 배 밑창에 실려 다시 한국으로 온다. 형과 함께 있고 싶었지만 불법체류자로 같이 있는 건 위험해서 헤어진다. 형과 헤어진 나는 식당에 취업했지만, 식당 지배인과 지배인이 돈을 빌린 사채업자 박 사장의 싸움에 휘말려 사흘 만에 형에게 연락도 못 하고 추방당한다.

그 후 중국에서 한국인 관광객을 상대로 가이드를 하고 있다. 그 사이 한국에서 불법체류자를 합법화하는 대책이 마련되었지만, 형은 연변으로 돌아오지 않았다. 나는 할아버지가 애지중지하던 낡은 상자 속에서 누렇게 바래고 귀퉁이가 잘려나간 몇 장의 사진과 접힌 면이 찢어질 것 같이 너덜너덜한 몇 통의 편지 그리고 알 수 없는 명패를 찾아낸다. 나는 '할아버지의 유품과 내가 찾은 자료가 형의 불안한 현재의 삶을 바꾸고 할아버지의 희망이 이루어지길 간절히 비란다고 적어서 형에게 보냈다.' 그것이 형에게서 불법 딱지를 떼어주었으면 하는 바람으로.

대학에 입학하기 위해 연변을 떠나기 전까지는 연변이 내가 아는 세상의 전부였다. 연변은 조선족 자치주이고 조선어가 공용어였다. 하지만 큰 도시로 나오니 차별이 무엇인지, 차별받는다는 것이 어떤 것인지 조금씩 알게 되었다. 신장 쪽에서 온 위구르족을 베이징의 숙박 시설에서 받지 않는 걸 목격한 순간부터였다.(…) 어느 날 친구가 빌려준 책에서 재일교포 작가인 서경식의 칼럼을 우연히 읽었다. 모국에서 살지 못하고 떠도는 디아스포라들을 수레바퀴 자국 고인 물속의 붕어에 비유한 글이었다. "말라 가는 수레바퀴 자국에 고인 물속의 붕어는 침으로 서로의 몸을 적신다"는 루쉰의 글을 인용한 칼럼을 읽으면서 정체불명의 감정이 갈라진 내 살을 파고드는 것 같았다.(「디아스포라의 꿈」)

불안정한 신분으로 떠돌던 형이 간암에 걸렸고, 연락마저 끊겼다는 형수의 연락을 받은 나는 여행객으로 우연히 다시 만난 사채업자 박 사장에게 형의 행방을 찾아 달라고 부탁한다. 서울로 돌아간 박 사장의 연락에 나는 한국으로 달려간다. 뼈만 남은 남자가 웅크리고 옆으로 누워있는데 천천히 이불을 들추자 복수가 찬 배가 숨 쉴 때마다 힘겹게 보인다. 형은 마치 그 순간을 기다린 것처럼 내 손을 잡고 비로소 눈을 감는다. 다음 날 형의 친구가 고시텔에서 가져다준 봉투에 다음과 같은 내용이 들어있다. '귀하가 신청한 이종섭 님의 국적이 회복되었습니다. 축하합니다.'

『우사단 약국』에서 유일하게 화자가 남자인 이 작품은 기구한 디아스포라의 삶을 극히 정밀하게 보여주어 우리에게 많은 것을 생각하게 만든다. 인물, 사건, 배경이 모두 화자의 진술로 용해되고 새롭게 부식되어 언어로 전달되는 세계인데, 구석구석을 채우는 세심한 장치가 돋보인다. 또한 디아스포라의 감정을 추상어로 나열하지 않고 감정을 드러내는 구체적인 장면을 그리고 있어 매우 사실적으로 디아스포라의 삶을 진술하고 있는 수작이다.

3.

위에서 살펴본 것처럼 극한상황과 인간적인 주제로 잘 짜인 플롯, 전통적인 감수성에 충실한 김현주 작가의 『우사단 약국』은 언어에 의한 소통 가능성에 회의가 만연한 작금의 풍조 속에서도 특유의 제 목소리를 내고 있어 인상적이다. 또한 마음 깊이 담겨 있을 초심의 서사를 엿보는 재미도 있다.

극한상황에 내몰리는 소시민들에 대한 작가의 천착은 점점 이 세상에서 사라지는 시간, 공간, 기억들을 다시 소환하면서 그런 것들이 사라진 까닭을 충분히 유추시키고 있는데 그것이 인물들의 지독한 고통, 원망의 근원이거나 죄의식의 근원이기 때문이다. 현실이나 기억에서 사라지고 망각된 것은 억압되고 통제되었다는 말의 다른 표현이기도 한데, 고통을 잊기 위해, 상처를 잊기 위해, 평온한 일상을 위해 『우사단 약국』의 인물들은 타인과 자기를 다독인다. 그러다가 스스로 그 근원을 찾아 나서거나 그것들이 눈앞으로 되돌아오는 현실에 부닥치면서 그것들의 진실, 상처와 마주하는 순간에 시공간이 역행해 자신이 서 있는 곳에서 경험하는 현재적 시간을 리얼하게 그리고 있다.

이 소설의 인물들은 고통과 상처에 둔감하려 했기에 오랫동안 견뎌왔고 적어도 자신이 그것을 통제할 수 있다고 믿었기에 의식을 억제하고, 일어난 사실을 감추려고 아무에게나 정붙이지 않고 쉽게 상처받지 않기를 원한다. 하지만 그럴수록 더 회귀하는 것이 바로 행동의 역설이다. 고통과 상처는 의식 속으로 더 깊이 파고들어 후에 의식 밖으로 튀어나올 때의 진통은 이루 말할 수 없이 크다.

김현주 작가는 그 진통을 이야기하면서 처음부터 끝까지 인과의 개연성을 도외시하지 않았고, 철저히 세심한 부분까지 사실성을 고려하면서 서사를 진행한다. 그 서사의 끝에 이르면 문득 무섭고 서글픈 현재를 둘러보게 만드는 스토리는 끝까지 균형감각을 유지하면서 현실적 맥락을 감당하는 현장을 정확히 보여주는데, 이 자리에서 모든 것을 차근차근 다시 생각해야 하는 처음의 자리로 독자들을 되돌아가게 만든다. 이 사람의 진짜 상처는 무엇일까? 어떤 외로움과 그리움이 그를 괴롭혔던 것일까? 죄의식을 말하는 인물들의 맨얼굴과 욕망을 다시 살피게 하고, 고통의 질감을 다시 느껴야 하고, 진심까지 다시 상상하게 만든다. 그 힘이 바로 김현주 작가의 목소리가 지닌 장점이다.

김현주 작가의 소설 『우사단 약국』은 인물들의 상처와 고통을 바로 설명하는 것이 아니라 그 고통을 인식하는 자리를 우리에게 떠맡김으로써 우리가 직접 그 상처와 고통을 상상하게 만든다. 상황이나 인물의 내면, 인식, 감정 등의 균형감각을 통한 인간탐구가 객관적으로 돋보인 현장이다. 인간탐구 기술은 소설의 소재가 가진 무거움에도 불구하고 둔탁하지 않고 날카롭다. 인과성을 현실감으로 채우며 촘촘한 서술로 자연스럽게 소설의 서사를 기워나가는 솜씨가 각별하다.

소설 『우사단 약국』은 지금 이곳과도 다른 저곳은 어디에도 보지 못하고 아무 꿈도 꾸지 못하는 세계에서 인간은 얼마나 비참할 수 있는가를 말하고 생각하게 만든다. 진지한 소재와 주제를 발굴하고 그것을 파고드는 집요함이 눈에 띄는 더목이다. 가벼운 소재들의 가벼운 감각으로 무장된 소설들이 넘쳐나는 지금, 『우사단 약국』은 현실적인 소재와 주제를 탐문하려는 의지, 현실을 체험으로 흡입하는 능력이 돋보인다. 그 결과 상황과 인물들이 절묘하게 조화를 이룬 총합체의 세계를 보여주고 있어 앞으로 만들어갈 소설 세계가 한층 더 기다려지는 것이다. 첫 창작집 상재를 축하드린다.

아쉬울까 싶었는데 그렇지도, 후련할까 했는데 그렇지도 않다. 다만 형체 없는 두려움이 어깨에 올라앉아 무게가 느껴진다. 선배 작가들이 말했었다. 작가의 손을 떠난 책은 자기 삶을 살아간다고, 작가의 뜻과 의지는 영향을 미치지 못한다고. 나도 그렇게 생각하기로 했다. 내게서 떨어져 나갔으니 제 삶을 살아갈 거라고.

오래 망설이던 첫 작품집을 내어 놓는다. 어디서든 잘 존재하라고 두 손을 모아 기원할 뿐이다.

살면서 글 쓰는 일 더구나 소설 쓰는 일을 내가 하게 될 줄 예상하지 못했다. 등단 하고나서 내 작품을 읽은 친구가 연락이 왔었다. 그는 10대 때 내가 소설 비슷한 한 것을 썼고, 자신이 읽은 적이 있다면서 "나는 그때 알았는데? 니가 글을 쓰게 될 줄"이라고 말했다.

통째로 삭제된 나도 기억하지 못하는 그 시절의 일을 기억해주고 일깨워준 친구에게 고마웠다. 사실 내 글쓰기의 원천은 통째로 사라졌다고 생각하는 그 시절이다.

등단 후 한편씩 발표하여 모아진 작품들이 어느 순간 숙제가 되었다. 언제 책 내냐는 말을 듣는 횟수가 늘어가면서 고민도 많아졌다. 고민이 차곡차곡 쌓여 목까지 올라오자 토해내던가, 삼키든가 선택의 기로에서 한참을 서성거릴 수밖에 없었다. 작품을 1편씩 품에 안으니 초고를 쓰고, 수정하고, 퇴고하던 숱한 날들이 떠올랐다.

하지만 출력한 작품을 펼쳐놓고 스스로에게 묻고 물었다. 내면에서 올라오는 답을 듣기까지 또 시간이 걸렸다. 에어컨 바람이 없으면 견디기 힘들 때였는데, 어느새 서늘한 바람이 목덜미를 스쳤다. 곧 겨울이 들이닥칠 텐데……, 서둘러 목차를 만들었다. 8편의 단편과 1편의 스마트 소설 속 인물들이 떠오른다. 모두 안녕하길…….

오랜 시간 동안 같은 길을 가며 첫 독자가 되어 서로의 작품을 읽어주고 합평에 참여했던 동료 작가들께 감사의 마음을 전한다.

묵묵히 지켜봐 주는 가족들에게도 감사하다

모두에게 감사하다.

2021년 시월

김현주

우사단 약국

초판 1쇄인쇄 2021년 10월 27일
초판 1쇄발행 2021년 10월 30일

저　자 김현주
발행인 박지연
발행처 도서출판 도화
등　록 2013년 11월 19일 제2013 - 000124호
주　소 서울시 송파구 중대로34길 9-3
전　화 02) 3012 - 1030
팩　스 02) 3012 - 1031
전자우편 dohwa1030@daum.net
인　쇄 (주)현문

ISBN ｜ 979-11-90526-53-1 *03810
정가 13,000원

도화道化, fool는
고정적인 질서에 대한 익살맞은 비판자,
고정화된 사고의 틀을 해체한다는 뜻입니다.